少年偵探團

江戸川亂步
曹藝譯

三民

國家圖書館出版品預行編目資料

少年偵探團／江戶川亂步著；曹藝譯.——初版二刷.
——臺北市：三民，2021
面；　公分.——(少年偵探團)

ISBN 978-957-14-6619-4（平裝）

861.57　　108005368

少年偵探團

少年偵探團

作　　者	江戶川亂步
譯　　者	曹　藝
發 行 人	劉振強
出 版 者	三民書局股份有限公司
地　　址	臺北市復興北路 386 號 (復北門市) 臺北市重慶南路一段 61 號 (重南門市)
電　　話	(02)25006600
網　　址	三民網路書店 https://www.sanmin.com.tw
出版日期	初版一刷 2019 年 5 月 初版二刷 2021 年 7 月
書籍編號	S858840
I S B N	978-957-14-6619-4

※本書中文譯稿由上海九久讀書人文化實業有限公司授權使用

三民書局

目錄

─黑魔─

這怪物渾身像抹了墨汁一樣，全身烏黑，非常嚇人。關於它的流言已經傳遍了東京，說來也怪，沒有人看過它的廬山真面目。而且黑魔只在暗處現身，所以即便有人現場目擊，也只能模模糊糊地看見一團黑漆漆的東西在動，至於它究竟是男是女，是老是幼，就不知道了。

在一個冷冷清清的住宅區，巡邏的伯伯和往常一樣敲著竹梆子◢報時，一路挨著木板牆壁行走。突然，一個人形的物體從牆壁上冒了出來，全身烏黑，就好比黑色的牆壁脫落了一塊木板似的。它飄飄忽忽晃到馬路中央，在巡邏伯伯的燈籠前亮出雪白的牙齒，咔咔咔地笑出聲來──沒等伯伯回過神，它就已經像一陣黑色的妖風，消失得無影無蹤。

天亮後，巡邏伯伯把他的見聞說給大家聽。他說，那傢伙當真是像墨一樣黑，這一咧嘴，簡直就像是一口白牙飄在空中哈哈大笑，嚇死人了。說著臉色發青，還小心

◢梆子：一種竹製的樂器。

翼翼地往身後瞧了瞧，可見昨晚嚇得真不輕。

又是一個黑夜，船夫獨自行舟隅田川，順流而下，發覺船一側的水波有些異樣。當晚沒有星光，夜色深沉，河水黑得像墨汁，水面上只有搖櫓所激起的小波浪，微微泛白。可是你看呀，船一側的水面，是不是還有些奇怪的波浪？這顯然不是搖櫓的浪，而是有人在游泳！問題是只有波浪，沒看見游泳的人呀。

這事太蹊蹺了。船夫感覺被人從背後潑了一桶冰水，卻還是鼓足十二分的勇氣，朝著水裡那位隱形的「泳士」大喝道：「我說啊，是誰在那游泳啊？」

水波應聲停歇。在大概是它臉的部位，露出一條白色的東西。仔細看，這白色的東西是人的門牙！黑黑的水面上漂浮著一副人的牙齒，還咔咔咔笑出聲來，令人毛骨悚然。船夫嚇個半死，頭也不回地拼命搖櫓逃離現場。

聽說還發生了一件怪事。

美妙的月夜，一個大學生佇立在上野公園的廣場上賞月。突然，他發現自己腳底下的影子竟然一動也不動，任憑他搖頭揮手，影子就是紋絲不動。大學生心裡發毛，人動而影子卻僵死不動，光想就覺得恐怖。他懷疑自己是不是精神錯亂了，邁開腳步要離開——你猜怎麼了？影子還是不動。人明明走開了三、五公尺，影子就是賴在原地。

大學生嚇得愣住了，他努力讓自己不去看，可是越怕越想看。正看得出神，更可怕的事情發生了。影子臉部的正中央，突然啪的裂開一個洞，露出白花花的東西——它齜牙咧嘴笑了！咔咔咔咔……還是那個嚇人的笑聲。

各位不妨想像一下自己的影子咧開嘴笑了，世界上還有比這更駭人的事情嗎？堂堂大學生也不禁失聲大叫，頭也不回地拔腿就跑。

這也是黑魔搞的鬼。事後想想，大學生面對月亮，影子理應在他的身後，而烏黑的人影就躺在跟前的地上，讓他誤以為是自己的影子。

就這樣，黑魔的傳說日勝一日。有人說，它會從暗處跳出來，掐住路人的脖子；有人說，它看見小孩獨自一人走夜路，就會像一塊黑毯子，把孩子囫圇包裹起來，咕嚕嚕滾地而去……，總而言之，奇談怪論滿天飛，把年輕女孩和小孩子們嚇得要命，晚上都不敢出門了。

古時候童話裡經常出現一種奇珍異寶——「隱身衣」。只要一披上它，人就會消失不見，在人群當中肆意為非作歹，也不用擔心被抓住。這黑魔就像是披了隱身衣的人，只要融入了黑暗，誰也別想找到它。它的身體，一定是比濃墨還要黑，達到了黑的極致，黑到連肉眼都看不見的地步。在黑暗當中，或是在黑色的景物前，黑魔神通廣大，為所欲為。

假如這傢伙有心胡作非為一番，那會怎麼樣?做了壞事眼看要落網……，不要緊，只要融入黑暗當中，就能溜之大吉了，簡單得很。當然，抓它的人可就要傷腦筋了。

黑魔究竟是何方神聖?是男人還是女人，是大人還是小孩?這個謎一般的黑影，它究竟想幹什麼?又是跳出牆壁，又是深夜游泳，又是變成人的影子……，一齣又一齣的惡作劇，僅僅是為了娛樂嗎?不是，肯定不是。它呀，鐵定在策劃大陰謀。到底是什麼陰謀呢?

向這個黑魔發出挑戰的，是以小林芳雄為首的少年偵探團。這個偵探團由十位勇敢的小學生組成，擔任團長的，就是明智小五郎的小助手小林芳雄。而他的老師，就是大偵探明智小五郎。

一邊是日本首屈一指的大偵探明智小五郎和他麾下的少年偵探團，另一邊是千變萬化的黑魔，雙方將展開一場怎樣的龍爭虎鬥呢?敬請拭目以待。

—追蹤怪物—

一個烏黑的怪物，在東京四處出沒，黑暗中齜牙咧嘴咯咯笑。一傳十、十傳百，這個嚇人的傳言很快人盡皆知，還上了報紙的頭條。

上了年紀的人一口認定這是妖物作祟，驚恐萬分。年輕人不信邪，一口咬定它是人扮的——不知是哪個吃飽了沒事幹的人，幹出這樣無聊的事情，還樂在其中。然而，隨著時間一天一天過去，人們逐漸意識到，不管是人是妖，這傢伙不光只是搞惡作劇那麼簡單，應該還有更大的陰謀。

事後回顧整個經過就能發現，黑魔的出現，實際上是一場犯罪的開端。罪案發生在日本東京，然而涉案者不光是日本人，還有外國人，可以說是國際性犯罪。現在我們來看看，黑魔的惡作劇是怎樣演變成犯罪的。

各位讀者所熟悉的少年偵探團裡，有個名叫桂正一的團員，家住東京世田谷區，電車玉川線的附近。雖然和羽柴壯二等人不在同一個學校，但和羽柴壯二是表兄弟，受邀加入了少年偵探團。受桂正一邀請一同加入偵探團的，還有同樣也是家住玉川線附近的篠崎始。

一天夜裡，桂正一去了相隔一站距離的篠崎始家。在書房裡，兩人一起做作業、聊天，玩到八點。就在回家的路上，桂正一遇上了可怕的黑魔。

換作是膽子小一點的孩子，或許會繞遠路，從大路回家，而桂正一是學校相撲隊的成員，對自己的身手頗有信心，膽子也挺大的，所以抄了近路。

小巷的兩邊是長長的木板牆壁、水泥牆和籬笆，路燈昏暗，才剛過八點，路上已經沒人了。春天的天氣一點都不冷，可是走在這死氣沉沉的小路上，總覺得脖子上涼颼颼的。桂正一拐過街角，猛然看見前方二十公尺外的路燈下，有一個黑黑的人影在走路！既不戴帽子，也不穿衣服，從頭到腳全是黑的。

就瞥了一眼，藝高人膽大的桂正一也被嚇得愣住了。

「說不定就是那傢伙，它就是傳說中的黑魔！」

心臟撲通撲通，背上發涼，桂正一差一點要拔腿往回跑，然而他硬是咬牙挺住了——他想起自己是堂堂少年偵探團的一員，而且就在剛才，在篠崎始家裡，他誇下海口說：「哪一天撞見黑魔，我一定要揭露它的真面目。」

想到少年偵探團，桂正一一下子鼓起了勇氣。他藏身籬笆後，定睛觀察，這怪物似乎沒注意到有人跟蹤，一蹦一跳地往前走。就是它沒錯！全身墨黑，活像一隻黑貓。

「果然不是什麼妖魔鬼怪。看它走路的樣子，肯定是人扮的。」

桂正一毅然決定悄悄尾隨，不被它發現。這怪物簡直就像地面上的人影立起來走路，步伐大、速度快，一下子走得好遠。桂正一東躲西藏，費盡心思地跟蹤。

走到城郊的一處民宅稀少的空地，有一座建於江戶時代的大寺廟叫養源寺。在微弱的星光下，高大的佛堂看上去像是妖魔鬼怪。

黑魔沿著養源寺的籬笆蹦跳而行，不一會，就從籬笆的一個缺口拐進佛堂的後面。桂正一心裡發毛，但事到如今放棄追蹤太可惜。他握緊雙拳，氣沉丹田，也從那個籬笆缺口潛入夜幕下的養源寺。

眼前是一片墓地。無數或新或舊的墓碑交錯紛雜，佇立在長滿青苔的潮溼地面上。在星光和長明燈燭火的映襯下，這些長方形的石頭微微泛白。儘管桂正一不信鬼神，但一想到這裡埋葬著無數死人，也不禁汗毛直豎。

怪物大步穿行於墓碑間的小路，左拐右彎，相當熟悉，就像在自己家裡一樣。有微微發白的墓碑作陪襯，那個黑色的身影越發鮮明了。桂正一出了一身冷汗，依舊堅持跟蹤。幸虧他個子不高，時而藏身墓碑後探出身子觀望，伺機躡手躡腳小步追趕，確保不丟失目標。

不知是第幾次探出身子，這一探不要緊，桂正一被嚇得不輕。僅僅隔著兩個墓碑，黑魔赫然停在眼前，而且是面對面！要不然你看，漆黑的腦袋上，還露出兩隻白白的眼睛和一口白花花的牙齒呢！

怪物其實早就發覺有人跟蹤了。它故意把桂正一引到這片人跡罕至的墓地，要在這裡發動襲擊。桂正一的處境好比落入虎口的小羔羊，傻愣愣地和眼前的怪物四目相對，心臟跳得極快，感覺快要爆炸了。桂正一做好了下一秒就被殺掉的心理準備。突然，怪物的嘴一下子咧得更大了，白花花的牙齒豁開一個口——「咔咔咔咔咔！」它放聲大笑，就像是怪鳥的叫聲。

桂正一嚇得魂飛魄散，就好像做惡夢，明知是夢，卻醒不過來，他想呼救，卻似乎成了啞巴，喊不出聲。

誰知道怪物竟然沒有撲過來，而是怪笑著閃身於墓碑後。桂正一猜測這是黑魔欲擒故縱之計——先躲起來，再突然現身。他便站住不動，屏住呼吸等待，可是等了好久，也不見黑魔現身。說也奇怪，黑魔不像是逃走了，要是它有任何動作，墓碑之間應該能見到黑影閃動的。

海底一般沉寂的墓地，桂正一感覺自己被遺棄在這裡。四面八方，都是靜止不動的，盡是冷冰冰的墓碑，太不真實了。

他振作起精神，戰戰兢兢地朝剛才黑魔所在的墓碑走去——沒想到竟空無一物，什麼東西也沒有！謹慎起見，又把四周仔仔細細巡視了一遍，也沒發現黑魔的蹤影。哪怕黑魔是匍匐前進，任何風吹草動也逃不過桂正一的眼睛，可是剛才一點動靜也沒有，太不可思議了。只能認為黑魔消失在空氣中了，就像西方的惡魔，啪地噴出一股煙，就不見了。

「這傢伙，說不定真的是妖怪！」桂正一想。

這個念頭使得壓抑在心底的恐懼感一下子爆發了。他亂喊亂叫著，像瘋子一樣闖出墓地，上氣不接下氣地朝亮著燈火的街道跑去。

直到後來謎底揭曉前，桂正一始終堅信黑魔是消失在墓地了。話說世界上真有這種事情嗎？假設黑魔是人，那他怎麼可能消失在空氣中呢？真令人百思不得其解。

—誘拐犯—

桂正一在墓地撞鬼的兩天後，晚上八點左右，一位三十歲上下的貴婦和一個五歲左右衣著可愛的女孩子，走出篠崎始家那氣派的大門。貴婦是篠崎始的阿姨，小女孩是她的女兒，篠崎始的表妹。兩人傍晚來他家玩，現在要回家了。

阿姨打算到大馬路上叫計程車，牽著女兒的小手，快步走在夜幕降臨的住宅區。這時，那個黑影又出現了，就在她們的身後。它沿著圍牆小步走，悄無聲息地一點一點靠近母女倆，就在不到一公尺遠的地方，冷不防地撲向小女孩，一把將她摟在腋下。

「唉呀，你幹嘛！」阿姨吃了一驚，伸手去搶。那黑影把她踹倒在地，彎腰面對倒地的阿姨，咧開嘴露出大白牙，「咔咔咔咔……」地笑出聲來。

阿姨這才看清對方——是傳說中的黑魔！她嚇得尖叫一聲，便倒地不起，怪物趁機帶著女孩不知逃往何處。這黑魔莫非是個可怕的人口販子？之後深夜發生的事情證明事實並非如此。

當晚十一點左右。同樣是在電車玉川線沿線，大約距離篠崎始家一公里的地方，有一處僻靜的住宅區，一位員警在此兢兢業業地巡邏，只見空蕩蕩的馬路中央站著一個五歲上下的女孩子，正哭得一把鼻涕一把眼淚。不是別人，正是剛才被黑魔擄走的篠崎始的小表妹。

孩子還小，員警再三詢問，也問不出個所以然來。把她說的隻言片語拼湊起來，才勉強知道個大概。原來，黑魔把她帶到一處僻靜的空地上，給她糖果哄她開心，接著問她名字。女孩說自己叫「木村幸子」（媽媽平時教她這麼說的），黑魔聽完馬上翻臉，丟下她就掉頭走了。

從事情的前後經過來判斷，這怪物無疑是抓錯了人。它並非是見小孩就抓，而是盯上了某個特定的人，這次失手了而已。那麼，它的目標，又是誰呢？

真是一波未平一波又起。就在隔天，發生了一件事。

這回不是三更半夜了，而是光天化日之下。地點就在篠崎始的家門口。鄰居家四五歲的女孩子獨自嬉戲。一隊江湖藝人路過此地，敲鑼打鼓為商家做宣傳。帶頭的是裝扮成丹下左膳◢的男子，胸前吊掛著大鼓；隨後是年輕的女琴師，彈奏三弦；第三個

◢丹下左膳：一九二七年，日本小說家林不忘在報紙上連載小說中的武士角色，本只是配角，後因小田富彌的插畫，將人物設定為獨眼獨臂的形象，人氣竄升，而成了電影中的主角。

人頭戴高帽身穿燕尾服，負責發放傳單，第四個人手舉商家的旗幟……，一行人和著音樂，大搖大擺地穿過市集。

排在隊伍最後的人，身穿紅白條紋相間的寬鬆衣服，頭上一頂帶鈴鐺的尖帽子，臉上戴著西洋小丑的面具，搖搖晃晃地走來。他見到篠崎家門口的女孩子，便招手喚她過來。

小女孩挺活潑的，見小丑逗她，就嬉笑著跑了過去。小丑說：「給你這個。」說著把漂亮的棒棒糖遞到小女孩手中。

「棒棒糖我還有很多，你跟我來。」

說完拉著女孩的手快步走起來。女孩一心想得到糖果，就任由小丑牽著走了。沒想到才走約一百公尺，小丑突然脫離了隊伍，領著小女孩拐進人跡罕至的小巷。走在前頭的人馬，對小丑的奇怪舉動不聞不問，逕自往前走去。

小丑拐進小巷後，又加快了腳步，把小女孩帶進附近神社的林子裡。

「叔叔，我們要去哪兒呀？」小女孩看了看四周，空無一人，倒也沒起疑心，天真地問道。

「帶你去一個好地方。有很多糖果、娃娃。」這個小丑似乎不是東京本地人，說話帶著口音，一字一頓的，「小姑娘，說說看，你叫什麼名字？」

「我叫小塔。」小女孩回答。

「你真正的名字呢？爸爸姓什麼？」

「宮本。」

「宮本？沒撒謊？不是篠崎嗎？」

「不是呀，我姓宮本。」

「那麼，那戶人家，不是你家囉？」

「對呀，不是我家，我家很小。」

聽到這，小丑一把鬆開小塔的手，面具下傳來「哼」的一聲，便再也不說話，掉頭就走，丟下小女孩不管了。

後來小塔哭著回家，把這件事告訴了媽媽。小塔的遭遇很快在街坊鄰居間傳開了，也傳到了員警耳朵裡。因為當事人是小女孩，她和小丑在神社的林子裡具體說了些什麼，無從知曉，但也知道了一個大概：江湖藝人隊伍裡的小丑拐走了小塔，卻半途將她丟棄。這手段，和前一晚黑魔的做法相同。人們開始確信，有人要對五歲左右的小女孩下手。

說起五歲左右的小女孩，篠崎始正好有一個五歲的可愛妹妹。說不定，這怪物盯上的就是她呢。仔細想一想事情的來龍去脈，這種可能性非常大。

隅田川、上野公園的林子……，這個恐怖的黑影在整個東京神出鬼沒惡作劇。而現在，它的活動範圍漸漸縮小了。不論是桂正一、篠崎始的小表妹還是小塔，都是在篠崎始家附近遭遇黑魔的。

黑魔的目的逐漸明朗化。然而，它若是企圖拐賣小孩，或者綁架小孩勒索錢財，又何必打扮成黑影去嚇唬人呢？看來，它一定有更大的陰謀。

—被詛咒的寶石—

在家門口玩耍的小女孩小塔被拐走的那天夜裡，篠崎始的父親一臉擔憂，把妻子和兒子叫到客廳。篠崎始從來沒見過父親的心情如此沉重。

「究竟怎麼了？發生了什麼事？」母子二人都有不好的預感，心臟怦怦地跳。父親雙手交叉在胸前，坐在客廳壁龕的前面。壁龕的紫檀臺上原本是擺了花瓶的，眼下擺著另一樣奇怪的東西——一個內裡鋪了紫色天鵝絨的四方盒子，當中有一顆閃亮亮的寶石，直徑足足有一公分。篠崎始沒想到，家裡竟然有這麼美麗的寶石。

「我從沒跟你們講過這顆寶石的故事吧。那是一個可怕的詛咒，我本來是不信的，所以不想說些駭人聽聞的事情，讓你們擔心受怕。可是現在，我不能再隱瞞了。昨天起有人誘拐小女孩，我覺得事情沒那麼簡單。我們要小心了。」父親壓低聲音，看來接下來他要講述的事情一定非比尋常。

母親和父親一樣，臉色慘白。她悄聲道：「這麼說來，這顆寶石和昨晚的案件有

壁龕：嵌在牆壁中的櫥櫃，可用來儲物、裝飾或陳列神像雕刻。

關係？」

「沒錯。據說這顆寶石被下了可怕的詛咒。我現在覺得，這個傳說是真的。這顆寶石是我前年去上海的時候，從一個西方人手裡買來的，價錢低得不能再低，不到市價的十分之一。我當成是撿了個大便宜，非常高興，可是後來，另一個西方人悄悄告訴我，這顆寶石有故事，聽了故事的人，都不會買它。這也就是它被賤賣的原因。」

說到這裡，父親停頓了一下，招手示意母子倆靠過去。篠崎始靠近父親，感覺像是在聽鬼故事，背上涼颼颼的，不知怎麼，就連屋子裡的電燈似乎都比平時暗了些，大概是心理作用吧。

「這顆寶石來自印度一座古老的寺廟，鑲嵌在一尊大佛的額頭上。兒子，你在學校學過吧？那叫眉間白毫，是佛像上不可或缺的東西。

事情發生在六、七十年前，古寺附近發生了戰爭，寺廟被燒毀，許多人丟了性命。嵌在佛像額頭的寶石也落入敵手。後來，這顆寶石幾經輾轉，流落到歐洲。畢竟它價值很高，誰見了都會出高價買它。

然而就在那場戰爭裡，部落酋長的女兒被敵人的子彈打死了。她又年輕又可愛，是酋長的掌上明珠，部落的民眾都把她當作神明來崇拜，可惜她中槍死了。當地人永遠記著這兩件仇恨。他們發誓要奪回佛像的白毫，並為酋長的女兒報仇。兩件仇恨融合在一起，就成了下在這顆寶石上的詛咒。

這個部落的人信仰之深，在印度是數一數二的。他們對佛像極其虔誠，為了佛像不辭勞苦，甚至可以隨時獻出生命。他們決定要替天行道，懲罰那些褻瀆佛像、殺害酋長女兒的外國軍人。兩個會使用可怕黑魔法的亡命之徒，代表部落跑遍全世界尋找仇敵。

如果這兩個人生病死了，那麼部落會派遣別的年輕人接替。幾十年、幾百年，不到物歸原主的那一天，詛咒不會解除。

所以一直以來，手上有這顆寶石的人，都會被兩個漆黑的傢伙盯上。如果不巧這戶人家有小女孩，他們就會拐走她，殺害她，據說是為酋長女兒報仇。但員警怎麼也找不到女孩的屍體。

這就是這顆寶石的詛咒，逗留上海期間一個西方人告訴我的。當時我沒當真，世界上哪有這種荒唐的事情，心想一定是這個人也想要寶石，沒想到被我捷足先登，他就說些瞎話來騙我，好讓我把寶石低價賣給他。後來我就把這事給忘了。

現在你們也看到了，昨天和今天都有小女孩被拐走了，地點都在我們家附近，而且據說都是渾身漆黑的傢伙幹的。我馬上聯想起那個詛咒，心裡發毛，這不就跟那個西方人說的一樣嗎？」

「這麼說，我們家的小綠就是他們的目標？」母親十分緊張，幾乎要起身去保護小綠。小綠是篠崎始五歲的妹妹。

「說得沒錯。不過現在不必擔心，小綠在我們身邊很安全。不過，不能讓她出門玩了，在家裡也要留心看好她。」

正如父親所說的，有人要前往小綠所在的房間，必須先經過這個客廳。更何況現在保姆們正陪著她呢。

「爸爸，你不覺得奇怪嗎？那些印度人要報復，也是去報復傷害他們的外國人呀，怎麼對我們家下手？」篠崎始想不通。

「是這樣就好了。他們才不管你是不是當時犯下罪行的人，只要寶石在你手上，你就被詛咒了。就算是在天涯海角，他們也不會放過你的。聽說有的人還因此嚇出病了。」

「是嗎？還挺玄的。對了爸爸，告訴你一個好消息，我加入了少年偵探團，所以呢……」篠崎始有些激動了。結果爸爸笑了：「哈哈哈，這哪是你們能對付的？對手可是印度的魔法師呀。你知道的，印度的魔法是世界聞名的未解之謎。比如朝空中扔一條繩子，一個孩子就能像爬樹一樣，沿著繩子往天上爬。還有更驚人的，人被埋進深坑，一兩個月之後挖開一看，那個人還活得好好的。有的人播下植物的種子，沒多久就發了芽，長出葉子開出花……，這些都算是小兒科。」

「我們幾個要是不行，那就去找明智偵探吧。那個怪盜二十面相，不是也有一身不亞於魔法師的本事嗎？明智偵探照樣手到擒來。」

明智偵探是篠崎始的偶像。他堅信，即便對手是印度的魔法師，只要大偵探出馬，就一定能解決。

「嗯。明智偵探想必會有好主意的，明天去找他談談。」父親也覺得明智偵探所向無敵。

然而，黑魔會給他們時間想對策嗎？他們的談話，黑魔聽得一清二楚，它，就站在門外呢！

──黑色的手──

突然，篠崎始驚叫了一聲，直直地盯著父親背後的壁龕，看他的表情──嘴巴張得老大，臉色鐵青，眼珠子都快蹦出來了，就像一具僵屍。他嚇成這樣，究竟看到了什麼呢？

父親和母親都被兒子的模樣嚇了一跳，急忙朝壁龕望去，這一望不打緊，兩人的神情也變得和篠崎始一樣，充滿了驚恐。

各位請看。

壁龕一側的窗戶，被悄悄打開了一條縫。一隻黑手，從縫隙間探了進來！

「糟了！」

沒等篠崎一家三口反應過來，黑手便將擺放在紫檀臺上的寶石盒一把擄走，悄無聲息地從縫隙間撤出。好一個膽大包天的黑魔，竟然在他們眼前搶走了寶石。

父親和小始都被這突然襲擊嚇破了膽，別說撲上去抓住黑魔了，連站都站不起來，一臉茫然地傻坐著。直到黑手撤去，兩人才回過神來。父親大聲呼喚祕書：

「今井，今井，有小偷，來人啊！」

「老公，小綠要是有什麼三長兩短……」母親情緒激動，連語調都變了。

「你跟我來。」

父親拉開隔扇，和母親一起奔往小綠所在的房間。萬幸的是，小綠平安無事。祕書今井聞聲跑來，見走廊的一扇玻璃門開著，便和小始一起衝進庭院追捕。

黑魔就在眼前飛奔！在黑漆漆的庭院裡追黑魔，實在是費勁。所幸庭院四周是難以翻越的高牆，只要把黑魔逼到牆角，那就是甕中捉鱉，手到擒來！

果不其然，黑魔跑到了牆邊，有些不知所措，便調轉方向，沿著牆壁跑起來。牆邊種植著高大的梧桐樹、低矮繁茂的杜鵑花等植物，黑魔在樹叢間穿行，躍過低矮的灌木，快得像風一樣。

它又往前跑了幾步，一件離奇的事情發生了。黑魔的身影在縱身躍過一叢灌木之後，竟然消失了。難不成它還會隱身術？

小始和今井以為它鐵定是蹲在灌木叢後面，便小心翼翼地走過去察看——沒人。黑魔不見了，彷彿人間蒸發。

過了一會，兩個員警接到報警後趕來。他們和家裡人兵分幾路，拿著手電筒，把院子搜了一遍，沒發現可疑之人，當然也沒找回寶石。

這莫非就是印度人的魔法?要不然，它怎麼可能消失得無影無蹤呢?

各位還記得桂正一在養源寺的墓地中跟丟了黑魔吧!這回也是，黑魔在追兵的眼前消失了。印度人真的像小始的父親所說的那樣，會使用魔法嗎?該不會……，是某種高超的魔術吧?

—兩個印度人—

折騰了一整晚，到了第二天，篠崎家裡裡外外戒備森嚴，連隻蒼蠅都飛不進去。小綠被關在最靠裡面的一個房間，門窗緊閉，父親、母親、兩個祕書、三個保姆，全家一齊上陣，守候在小綠房間的內外，十幾隻眼睛，目光一刻不離小綠；再看家門外，有幾位派出所的便衣員警守在家門口和圍牆周邊。可說是固若金湯，滴水不漏。

可是兩位家長仍舊不放心。他們昨晚領教了黑魔的高超本領，堪比日本古代的忍者，因此認為戒備再森嚴也不過分。時間在不安中流逝，下午三點剛過，小始放了學，興沖沖地回到家。

「爸爸，我回來了。小綠沒事吧？」

「很好，玩得很開心。你今天怎麼這麼晚？」父親覺得奇怪。

「當然是有原因的。我去了明智偵探那兒。」

「見到明智偵探了？」

「沒有，他去了很遠的地方辦案。不過我和小林芳雄大哥說了我們家的事情。他腦子比較好，想出了個好主意。爸爸，您猜是什麼主意呀？」小始很得意。

「猜不出來，你說說看。」

「那我就說了。爸爸，您靠過來。」

不怕一萬就怕萬一，好主意被黑魔偷聽了，就不是好主意了，因此小始湊到父親耳邊悄聲說：「小林說，給小綠換裝打扮。」

「啊？給這麼小的孩子打扮？」父親也壓低了聲音。

「是啊。小林問我，有沒有小綠特別親的阿姨，我說品川區就有一個。就是那個野村阿姨，小綠最喜歡她了。小林說，把小綠悄悄送到野村阿姨家暫住一段時間。這樣一來，黑魔就白忙一場了。不過，就怕轉移小綠的時候被發覺，所以小林大哥做了周密的安排。他會領著鄰居家五歲左右的男孩子——是男孩子哦——到我們家玩，悄悄給小綠換上男孩子的衣服，然後領著小綠若無其事地出門。這樣說您明白了吧？不怕一萬只怕萬一，必須叫車送小綠去，讓今井祕書一路護送確保小綠平安到達野村阿姨家。怎麼樣，主意不錯吧？這樣就萬無一失了。」

「嗯，果然是條妙計，小林真不愧是你們的團長。我贊成，其實我也覺得最好讓小綠去避避風頭，只不過風險比較大，遲遲下不了決心。」

父親對小林出的主意欽佩不已，便和母親商量了。母親找不到反對的理由，只得同意。

「可是，那個男孩子怎麼辦？他要是有個三長兩短，可不好交代呀。」她悄聲說。

「這個您放心。黑魔對別的孩子是理都不理的。即使被拐走，也沒有危險。而且，小林大哥說會馬上回來接他的。他還說會事先準備好一套差不多的衣服給他換上，然後帶他回家。一個男孩子出兩次門，很有趣吧。壞人一定會看傻眼的。」

小始終於說服了母親，便趕緊打電話到明智偵探事務所，用事先約定的暗語把他們的決定告訴小林芳雄。

傍晚時分，小林果然帶著一個和小綠身高相仿的可愛男孩來到篠崎家，在一間門窗緊閉的房間，立刻開始給小綠喬裝打扮。她換上可愛的白領小襯衫，頭髮藏進寬大的帽子，一個帥氣的小男生就誕生了。小綠不知內情，生平第一次穿男孩的衣服，相當開心。

準備妥當。小林哄小綠說帶她去品川的野村阿姨家，又接過篠崎爸爸寫給阿姨的介紹信放在懷裡，拉著小綠的手，大大方方地從正門走了出去。

門外小汽車等候多時。今井祕書打開車門，小林抱起小綠，坐了進去。今井上了副駕駛座，車就靜靜地開起來。車窗外夜幕降臨，路上人影稀疏。車在電車行駛的大路上開了一會兒，不久便拐進一條偏僻的小巷，開得飛快。

眼見道路旁的人家越來越少，來到一處開闊的荒涼地帶。

「司機先生，是不是搞錯方向了？」小林覺得蹊蹺。

可是司機就像沒聽見似的，一聲不吭。

「喂，沒聽見我說的嗎？」小林忍不住放大了音量，敲了敲司機的肩膀。

「聽得清清楚楚。」話音未落，司機和今井兩人一同回過頭來——

啊！這兩個人，臉黑得好比鍋底，就像剛從煙囪裡爬出來似的。他倆不約而同地咧嘴笑了，「咔咔咔咔……」露出兩排雪白的牙齒，嚇得人汗毛直豎。

各位或許猜到了，這兩個傢伙，就是前面說過的印度人。姑且不說司機，怎麼連剛才替小林開車門的今井祕書也變成了黑魔？完全不可能啊。莫非這就是傳說中的印度妖術？

—銀色徽章—

小林芳雄感到莫名其妙。剛才在篠崎家門口上車的時候，司機和今井祕書都是皮膚白皙的日本人呀。早知道他倆是印度人，小林他們根本就不會上車。

車開了不到十分鐘，兩個日本人就搖身一變，成了兩個印度人。這究竟是怎麼回事？都說印度的魔法是聞名世界的未解之謎，現在算是親眼所見……，現在可沒閒工夫想這些！當務之急是保護小綠。要設法跳車，逃離敵手。

小林一把摟住小綠，打開車門，要從疾馳的汽車上跳下去。

「嘻嘻嘻……不要動，你跳車我就開槍。」司機說著一口古怪的日語。說話間，他倆把手伸到後排，各持一把手槍，對著小林和小綠的胸口。

「混蛋！」

小林氣得咬牙切齒。自己一個人的話，總有辦法脫身，可是現在必須保護小綠的安全，所以只能聽從印度人指示。

印度人見小林聽話了，就停下車，副駕駛上的那個人下車打開後門，用結實的細麻繩先後反綁了小綠和小林，接著用手帕堵住了兩人的嘴。這期間，司機一直拿槍指著他倆，根本別想反抗。

印度人沒有察覺，小林表面上任由他們擺布，其實趁其不備，偷偷做了一件奇怪的事——就在偽裝成今井祕書的印度人正忙著捆綁小綠時，小林迅速把右手插進懷裡，抓出一把像銀幣的東西，悄悄擱在車後保險桿的一角。這個東西看似銀幣，其實不是，而是銀白色的圓形鉛塊，大約有三十個。

所幸的是印度人對此毫不知情，用手帕堵住兩人的嘴後便關上車門，回到副駕駛座。車子開動，行駛在人煙稀少的曠野上，不知要去哪裡。

這時狹窄的車後保險桿上發生了情況。汽車疾馳的振動，使得方才小林擱在上面的三十個鉛塊一點一點挪動，從保險桿的一端逐一掉落。大約過了七、八分鐘，三十個鉛塊全部掉了。就在鉛塊全部落地後不久，車子也在一處偏僻的小鎮中停了下來。

事後才知道，這裡同樣是世田谷區，只不過在和篠崎家相對的另一角，住宅寥寥無幾，荒涼得很。

停穩後，印度人不由分說，把小林和小綠拖出車，抓進附近的一棟小別墅。下車後進門前，小林又做了一件奇怪的事。從停車的地方開始，他偷偷地鬆開一直緊握的右手——手心的鉛塊掉在鬆軟的地面上，悄無聲息。每隔兩公尺丟一個，一直到小別墅門口，總共丟了五個。

有人或許要問，這個銀光閃閃的鉛塊到底是什麼？小林怎麼帶了這麼多在身上呢？他想方設法丟在馬路上和別墅前，有何用意？暫且不說，請各位自行想像。

兩個印度人，一人架著小綠，一人推著小林，進了小別墅，沿著狹窄的過道走進別墅深處的一個房間。只見房間一角的地板上開了一個四方形的洞口，顯然是地下室的入口。

「給我進去！」印度人一臉猙獰，命令道。

小林被反綁著雙手，完全沒有反抗的能力，只得乖乖地順著簡陋的梯子戰戰兢兢往下走——他幾乎是滑落下去的，摔倒在地。與此同時，一個印度人則是抱著小綠，走到梯子中段便放了手，把小綠扔向倒地的小林。接著，他們抽走梯子，關上地下室的入口。

烏漆墨黑的地下室，小林和小綠疊羅漢似的倒在地上，動彈不得。小綠已經哭成淚人，只不過嘴被人堵住，只能低聲嗚嗚啜泣。這兩個可憐人，等待他們的是怎樣的命運呢？

──少年搜查隊──

就在小林和小綠遭人綁架的同一時間，六名小學高年級學生正聚在篠崎家附近的養源寺門前邊走邊談。帶頭者是篠崎始的好朋友：桂正一。他在學校從篠崎始那兒聽說了這件事，就給表弟羽柴壯二打了電話，請他召集全體團員，一起去篠崎始家。團員中有三人因故不能來，所以總共只來了六人。

少年偵探團的團員們約好了有難同當，此刻篠崎始的家庭有難，惹事的不是別人，正是搞得整個東京雞犬不寧的黑魔！豈能袖手旁觀？何況團長小林芳雄已經應篠崎始的請求出手相助。團員們個個熱血沸騰，摩拳擦掌，發誓要親手抓住黑魔，讓它嘗嘗少年偵探團的厲害。

桂正一領著小夥伴們來到養源寺門前，向他們講述了那晚的冒險經歷。各位讀者還記得吧？黑魔就消失在這養源寺的墓地。

「真的就這麼不見了。我不信邪，但這可是墳地呀，還是漆黑的夜裡，連我都嚇得直發抖，拔腿就跑。我說的墳地就在佛堂的後面。」

桂正一說著走進寺門，指了指佛堂的後面。小夥伴們跟著他進了寺廟。黃昏時分，四下無人，孩子們環顧四周。這時，年紀最小的羽柴壯二突然一把抓住了桂正一的胳膊。

「正一，你看那裡，好像有什麼東西！」他的聲音有些顫抖。

順著羽柴所指的方向望去，門旁的灌木叢裡，有什麼東西動來動去的！好像是人的腿。灌木叢裡冒出人的腿來，就像毛毛蟲一樣蠕動著。

所有人都看到了這一幕。雖說是少年偵探團，畢竟還是孩子，一個個都嚇傻了，面面相覷準備逃跑。也難為他們了，天快黑了，景物看不清楚，寺廟冷冷清清，才剛剛聽了桂正一的撞鬼經歷，馬上就冒出條人腿來。別說是孩子了，就連大人也會嚇得魂飛魄散。

「我去看看。」

不愧是相撲小能手桂正一。他單槍匹馬挺身而出，前去看個究竟。

「是誰！是誰藏在那裡！」桂正一厲聲喝道。

對方不出聲但也沒逃跑，毛毛蟲一般蠕動的腿動得越發劇烈了。桂正一往前走了兩三步，仔細朝灌木叢裡瞧了瞧，一下子愣住了，回頭招呼身後的小夥伴：

「快來！是人！被綁住了。兩個人被人五花大綁了。」

團員們一聽不是鬼怪，一下子來勁了，跑了過來。果然，兩個大人躺在地上，手腳被捆得結結實實，還堵上了嘴。其中一人的衣服似乎被扒掉了，只剩內衣內褲，狼狽不堪。

「唉呀，這不是篠崎家的祕書嗎？」桂正一指著被扒光衣服的那個人嚷道。

他們六人一齊上前，解開繩子，取下塞住嘴巴的東西。兩人終於能開口說話，訴說遭遇始末。

遭綁的兩人，被扒了衣服的是篠崎家的祕書今井，穿西服的是篠崎家雇用的司機。無需聽兩人細說，各位讀者想必心裡都有數了吧。今井祕書聽從主人吩咐去叫車，找來熟悉情況的司機，兩人一同返回篠崎家。途經養源寺門前時，兩個蒙面人攔住車，持槍威脅他們，不由分說將兩人捆綁起來丟進灌木叢裡。其中一個惡賊扒掉今井祕書的衣服，打扮成他的模樣，隨後劫車逃逸。

少年偵探團的團員們和兩個大人第一時間趕回篠崎家彙報了情況。篠崎始的父母聽了，臉色慘白。祕書和司機遭人突襲，這麼看來，剛才車上的兩人，必定是印度人沒錯。如今，小綠和小林說不定已經落入賊手，正在受苦呢。

當務之急是報警。沒多久，派出所的人來了，就連警視廳也派搜查組長來了。一時間，篠崎家上上下下亂成一團。

幸好，他們知道車牌號碼，全城大搜索就此展開。當然，犯人是不會把車停在巢穴門口的，一定是開到荒郊野外，然後棄車而逃了，所以即便找到了汽車，也難以找到犯人的巢穴。

加上小始一共七人的少年偵探團，儘量不給大人們增加麻煩，聚在家門前商量對策。他們一致認為不能坐著乾等，員警做員警該做的，他們自己也得做點什麼。於是七人朝汽車開走的方向出發，沿途打聽消息。

他們瞭解到，犯人的車子拐向了電車玉川線的一側，就並肩朝著那個方向出發了。他們採用一種很專業的調查方法：每逢十字路口，就兩人或三人組成一隊，走進岔路，或詢問香菸店的老闆娘，或向在附近活動的推銷員打聽，問他們有沒有看見一輛車經過，如果沒有線索，便原路返回集合，走到下一個十字路口，再一次分頭打聽消息……，就這樣，少年偵探團的七位團員東奔西走，不辭辛勞地進行調查。

—地下室—

話說小林和小綠被印度人關進地下室，四周漆黑一片，兩人筋疲力盡地躺著，連動彈掙扎的力氣都沒有。沒過多久，眼睛漸漸適應了黑暗，模模糊糊地看見周圍的情況。這是一個水泥砌成的小地下室，約有三坪大。一般的人家中不可能有這麼奇怪的設計，肯定是印度人買下了整幢別墅，特地請人建造的，目的當然是方便他們做壞事。牆壁和地板彷彿是新砌的，水泥剛剛乾燥變硬。

小林好不容易打起了精神，在黑暗中站起身。空氣中瀰漫著新砌的水泥散發的潮氣。這個地下室連一條縫都沒有，怎麼可能逃得出去。他不由得回憶起先前潛入怪人二十面相位於戶山原的巢穴，被關在地下室時的情形。那次運氣不錯，天花板上有一個氣窗，而且身邊恰好帶了「七件寶」和小鴿子碧波，最終得以逃脫。但這次情況不一樣，一是天花板上沒有氣窗，二是沒料到會落入敵手，身邊沒帶那「七件寶」。這種情況下有袖珍手電筒該多好啊……，可惜也沒帶。

話說回來，即使逃走無望，也一定要擺脫繩索的束縛，萬一有緊急情況，還能應付應付。於是小林背對著小綠躺下，利用稍稍能動的手指，嘗試解開綁住小綠的繩結。

黑暗當中利用活動不便的手指解繩結，可不是件容易的事情。小林花了好多時間，終於解開小綠的雙手。重獲自由的小綠雖然只有五歲，卻是一個聰明的小女孩，馬上領會了小林的意圖，先取下堵住嘴的手帕，啜泣著繞到小林的身後，摸索著解繩結。

過了好久，束縛小林的繩結也被解開了。小林恢復自由身，他取下堵嘴的東西，長長地呼了一口氣：

「小綠真聰明。謝謝你。別哭了，員警叔叔馬上會來救我們，別怕，靠著哥哥。」

小林說著把可愛的小綠拉到身邊，雙手緊緊地抱住她。

不久，天花板上響起一陣急促的腳步聲，在地下室的入口處戛然而止，緊接著響起咔嗒咔嗒的怪聲。聞聲望去，隱約看見天花板上打開了一個縫隙，一條粗粗的管子伸了進來，直徑大約有二十公分。

什麼情況？兩人保持警惕，注視著那根管子。突然，嘩嘩嘩——液體流了出來，像瀑布一樣飛沫四濺。水！是水！

各位讀者，可以想見小林有多震驚吧。

黑魔慘無人道，竟然要水淹小林和小綠。看這洶湧的水勢，用不了多久，這個不足三坪大的地下室就會灌滿水，困在其中的兩人勢必淹死。

大水肆虐蔓延，地上已經沒辦法坐了。小林抱起小綠，躲到水花濺不著的角落。水位越來越高，眼看淹沒了小林的腳背，淹沒了腳踝，一會兒就淹到小腿肚了。

就在小林和小綠飽受水牢之苦時，少年搜查隊的篠崎始和桂正一兩人一組，到達了印度人開車駛過的空地附近。時近黃昏，眼前這條道路最冷清，必須嚴密偵查，只可惜人影稀疏，找不到人打聽。兩人沒有放棄，一直往前走，快到空地時，迎面走來一個七、八歲的男孩子，一旁零食店鋪的燈光照亮他胸前的一個東西。

「小始你看！那不是我們的 BD 徽章嗎？」

兩人隨即靠近男孩仔細看——果不其然，正是少年偵探團的 BD 徽章。這徽章是小林的創意，剛剛發明出來不久，分發給少年偵探團的團員們。「BD」是 Boy（少年）和 Detective（偵探）的縮寫，用美術字體鐫刻在徽章上，由此命名 BD 徽章。

「這個徽章在哪撿到的？」他們叫住男孩詢問。

「掉在那裡我撿的。我撿到的就是我的。」男孩子朝空地的方向指了指。他害怕徽章被搶走，一臉戒備的神色，斜眼看著他們。

「這麼說肯定是小林故意丟下的。」

「嗯，很有可能。這可是重要線索啊。」

兩人一下子充滿幹勁。

小林設計的這個BD徽章，除了彰顯團員身分，還有其他用途。首先，BD徽章用沉重的鉛製成，平時常備在身，一旦遇險，可以當武器投擲；其次，被敵人囚禁的情況下，可以用小刀在徽章背面柔軟的鉛表面刻字，丟到窗外或者牆外，達到通信的目的；第三，把細線繫在背面的別針上，可測水深或距離；第四，萬一落入敵手，丟幾個在路上留記號，告知同伴方位……，小林羅列的功能竟有十條之多。

少年偵探團的團員們個個模仿美國的員警，把徽章別在衣服的內側，緊貼胸口。一旦形勢需要，就把衣服這麼一掀，亮明身分——多有偵探架勢！除了胸口的這一個，他們還隨身攜帶了二三十個相同的徽章。

言歸正傳。桂正一和篠崎始聽說是在空地上撿到BD徽章的，馬上反應過來：這是徽章的第四個用途，小林團長給他們留了記號。各位讀者想必都明白了吧。小林在車上被捆綁時，趁印度人不注意擱在保險桿上的「銀幣」，正是BD徽章。小林芳雄的努力沒有白費。

篠崎始和桂正一跑到男孩所指的地點，掏出袖珍手電筒，仔細檢查有沒有其他掉落在地上的徽章。

「你看！這裡有一個。」

手電筒的光柱裡，一個嶄新的徽章閃閃發光。

「敵人的汽車肯定經過了這裡。快吹哨子，叫大家過來。」

他們從「七件寶」中取出哨子，深吸一口氣，用力吹響。

響亮的哨聲響徹夜空。其餘五個人也沒走遠，他們以哨聲回應，紛紛向那兩人靠過來。

「你們看，路上有兩個BD徽章，肯定是小林丟下的。我們再找找，一定還有。順藤摸瓜，肯定能找到敵人的巢穴。」

桂正一一聲令下，其餘五人也掏出袖珍手電筒，仔細察看地面。這畫面真像是七隻螢火蟲在黑暗中飛舞。

「泥地裡有一個！」一位少年喊道。他在稍遠處撿到一個徽章。現在總共找到了三個。

「太棒了。我們繼續往前走，朝黑魔進軍！真不愧是團長，想出了這招。」

就這樣，七隻「螢火蟲」在這片空地上迅速向前推進。

看看地下室，水深已達一公尺。小林抱著小綠，艱難地站立在水中。水已經淹到胸口了，而水勢絲毫沒有減弱，轟轟地飛流直下，水花飛濺，令人膽寒。

在小綠眼裡，這簡直是人間地獄，她又哭又叫，嗓子都啞了。

「小綠不怕，小綠不怕，有哥哥在。哥哥游泳很厲害。就這點水，不算什麼。員警叔叔很快就來救我們了。小綠乖，抱緊我。」

就在小林說話的當下，水位一刻不停地上升。他是泥菩薩過江——自身難保。雖然已經是春天，水卻寒冷徹骨。

「天哪，我要和小綠一起淹死在這祕密的地下室嗎？雖說丟了BD徽章在路上，但是假如團員們沒路過，那也沒用。對了，明智偵探呢？他現在人在東京該有多好，肯定會奇蹟般地出現，把我們救出去的。可是……」

小林從幻想中回過神來，發現水已經淹到喉嚨了。由於水的浮力，小林的身體緩緩漂了起來，連站穩都困難。他把小綠背到背上，要她抓牢，而後在冰涼的水中游起來，試圖利用運動來驅散寒冷。

這不是長久之計。小林背著小綠，游不了多久就會筋疲力盡。再說，水過不了多久就會淹到天花板，等到了那時候，別說游泳，就連喘口氣都不可能了。

—消失的印度人—

就在兩人生死關頭之際，七個少年組成的搜查隊及時發現了印度人的行蹤。他們一路撿拾掉落的BD徽章，追蹤到了那棟可疑的小別墅。

「這戶人家不對勁！你看，大門裡面的地上都有徽章。」還是羽柴壯二眼尖，對身邊的桂正一說道。

「果真有問題，我們進去看看，大家都趴下。」

桂正一打了一個手勢，小聲下令，一眨眼，七位少年便不見了人影——這可不是什麼魔法。桂正一一聲號令，七人應聲一齊伏倒在地，真是一絲不亂，訓練有素。

七人就像七條黑蛇般爬進小別墅的大門，仔細看了地面，從大門到門廊的小路上，總共掉了五塊BD徽章。

「是這裡沒錯！」

「小林團長和小綠肯定是被困在裡面了。」

「快去救他們吧。」

七人保持伏地姿勢，你一言我一語。

七人中最輕巧的羽柴壯二悄悄地爬上門廊，從門縫朝裡望，室內漆黑一團，沒有人影，便對大家說：「我們去後門吧。從窗戶看看裡面的情況。」說著就朝別墅的背面爬去。其餘人緊跟在後。

爬到後門，果然看見二樓的一個房間亮著燈。不過，不爬上去是看不見裡面的情況的。這時有人提議：「我們架繩梯吧。」

說著從口袋裡掏出繩梯來。少年偵探團常備的「七件寶」當中，就有用絲線製成的輕便繩梯，揉成一團不過一個拳頭大小。

「不行，繩梯扔上去會發出聲響的，我們還是來疊羅漢吧。我當墊腳石，你們一個一個上。羽柴最輕，在最上面。」

桂正一說完，兩隻手往牆上一撐，兩腿叉開牢牢蹬地。相撲小能手桂正一充當墊腳石是再適合不過了。接著，體格中等的少年爬上桂正一的肩頭，雙手支撐牆壁，擺好姿勢。最後，最輕巧的羽柴壯二像一隻敏捷的小猴子，順著兩人的背往上爬，踩在第二個少年的肩膀上。等到羽柴壯二站穩，桂正一和中間的少年一鼓作氣站直，羽柴壯二的腦袋剛好抵到二樓窗櫺下。三人的身手不亞於雜技演員。少年偵探團的成員們平時就勤於練習各種本領，為的就是在關鍵時刻派上用場。

羽柴壯二把手搭在窗櫺上窺視房間裡的情況。窗戶拉上了窗簾，幸好留了一個很大的縫隙，裡頭的情形看得一清二楚。那麼，他看到了什麼呢？雖然做了些心理準備，然而室內的情形還是讓羽柴壯二差點叫出聲來。

房間正中央，坐著兩個面目可憎的印度人。黝黑的皮膚，寒光閃閃的眼睛，血紅的厚實嘴唇。兩人一身典型的印度人打扮，就和照片上看到的印度人一模一樣——頭上包著纏頭布，就像戴了一頂帽子，肩頭搭著一塊大白布，就當作衣服。

印度人面前的牆壁上掛著一幅畫。畫上的人物，與其說是佛像，倒不如說是妖魔鬼怪。畫前的香案上擺著碩大的香爐，冒著紫色的煙。兩人面壁坐著，朝畫像不停地禮拜，說不定是在用咒語殺人。小林和小綠危在旦夕了。

眼前的一幕讓羽柴壯二汗毛直豎。我這是在東京嗎？該不會冒冒失失闖進魔境了吧？他心裡直發毛，再也看不下去了，急忙示意下面的人蹲下身子。回到地面上之後，羽柴壯二悄聲告訴其他人他的所見。

「八九不離十。你看，我們在這附近撿到這麼多 BD 徽章，還看到了印度人。這裡肯定是那幫人的巢穴。」

「趕緊行動，進去把他們抓起來！」

「還是救團長和小綠要緊！」

少年們議論紛紛。

「你們別急。」桂正一鎮住場面，嚴肅地說，「我們人再多，光憑我們自己的能力，是抓不住會魔法的印度人的。萬一行動失敗，後果不堪設想。來，大家按照我說的做。」

說完，桂正一開始部署人員，誰守前門，誰守後門，誰和誰守院子，把整個小別墅包圍起來，嚴加戒備。

「聽好了。如果看見印度人開溜，就吹哨子。篠崎，你跑得快，就當通訊員吧。跑到附近有電話的地方，給你的家裡打電話，就說發現犯人的巢穴了，要他們趕緊派人來。我們就在這裡把守，絕不讓他們跑掉。」

代理團長職位的桂正一辦事真俐落，一下子就安排妥當了。等待篠崎始匍匐離開後，其餘六人各就各位。

話說就在小夥伴們行動的期間，地下室裡的小林還安然無恙嗎？水該不會已經漲到天花板了吧？那時間可就太晚了。員警叔叔們，趕快來救人啊！

接到篠崎始的報告，正好在他家的警視廳中村搜查組長立刻行動，率領幾名部下，開車趕到印度人藏身的小別墅，過程花了二十幾分鐘。唉呀，真讓人心急。

可是，距離少年搜查隊撿起第一塊BD徽章已經過了整整一個小時。也就是說，從小林背著小綠游泳算起，已經過了一個小時。他們還平安嗎？員警趕到時，該不會已經回天乏術了吧？

桂正一得知員警趕到，第一時間從暗處跑出，向中村組長彙報情況：「犯人肯定還在裡面，沒有跑掉。」

中村組長先是表揚了少年們的見義勇為，隨後派兩個部下去後門，接著帶領兩個身穿制服的部下走上門廊，按響了門鈴。

按了兩三下，小別墅裡亮起了燈，傳來了腳步聲，門把轉動了。印度人惡貫滿盈，他們哪裡想得到登門造訪的竟然是員警，還大搖大擺地前來應門呢。

中村組長聽說小別墅裡只有兩個印度人，所以打定主意，在門打開的一瞬間就撲上去，把犯人繩之以法。

就在門打開的一瞬間，中村組長傻住了。站在眼前的，不是黑黑的印度人，而是一位風度翩翩的日本紳士。這人看上去三十歲上下，眉清目秀，皮膚白皙，鬍鬚修剪得很整齊，一身筆挺的新西裝，微笑面對不速之客。

「您是？」中村組長傻了眼，本應自報家門的，反倒問起對方了。

「敝人是這座別墅的主人，敝姓春木。歡迎歡迎。我本想給您打電話的。」

這到底是怎麼回事？中村組長這樣的高手也糊塗了。他結結巴巴地問春木先生：

「你……你家裡應該有兩個印度人呀。」

「唉呀。您已經知道這裡有印度人了？我沒料到他們會為非作歹，這才把屋子租給他們的。」

「這麼說來，印度人是這裡的房客？」

「您說的沒錯。這邊請，裡面詳談。」

紳士說著，在前頭帶路。中村組長和兩位員警心裡納悶，但也隨之朝裡走去。

「就是這間房。我把他們救起來了。要是來晚一步，可就沒命了。」

紳士說了些沒頭沒腦的話，來到一間房前，開門招呼三人進去。中村組長踏進房間，被眼前出乎意料的場景嚇了一大跳。

房間角落的床上，躺著被拐走的小綠，睡得正香呢。枕邊的椅子上坐著的，不是小林芳雄嗎？他身披大人的睡袍，一身奇怪的打扮。

「這到底是怎麼一回事？」中村組長愣住了。

「就是這麼一回事。」紳士請中村組長坐下，說起事情的來龍去脈，「住在這裡的只有我和雇來的廚師。今天早上我出了門，剛剛回家不久。回到家的時候，家裡空無一人。二樓是租給印度人的，他們不在，廚師也不在。我納悶了，就把全家上下搜了一遍，在廚房的角落發現了廚師。他被人捆住了手腳，還被堵上了嘴。我嚇壞了，把他鬆綁，問他情況。廚師說那兩個印度人剛回到家，就對他下了毒手。不只是這樣，他說印度人帶了兩個孩子回來，恐怕是關進地下室了，剛剛還聽見下面傳來孩子哭聲。於是我趕緊去了地下室，大事不好！地下室已經成了水窖，滿滿的水，這個叫小林的少年正背著小姑娘游泳，看樣子已經沒力氣了，隨時可能溺水。我馬上救起他們，小女孩發了高燒，便讓她躺在這兒休息。我聽小林說了事情原委，剛要給小女孩府上和員警打電話，結果，你們幾位就趕到了。」

中村組長聽完，長長地呼了一口大氣：

「原來如此。多虧您出手相助，他們倆才撿回一命……，對了，印度人確實不在嗎？您仔細找了？」

「我盡力找了。還請幾位再仔細搜尋。」

「那麼我們再查找一遍。」

中村組長調來後門的兩位員警，五人分頭搜查。壁櫥裡、天花板上、地板下面，仔仔細細地找了一遍，卻還是沒有發現印度人。

太蹊蹺了。從羽柴壯二發現印度人到員警趕到的短短二十幾分鐘時間裡，兩個印度人憑空消失了。別墅外，六位少年目不轉睛地監視著，印度人到底是怎麼從他們眼皮底下逃脫的？

他們兩個果然是神通廣大的魔法師。用不著逃到別墅外頭，只要待在二樓的房間裡，念個咒語就能憑空消失了。各位還記得黑魔的魔法吧？一次在養源寺的墓地中，另一次在篠崎始家的院子裡，一眨眼就不見了蹤影。這是他們第三次施展法術了。物理學的定律好像不適用於這兩個印度人。

不用說，中村組長第一時間向警視廳報告情況，接著向東京的所有警察局和派出所下了通緝令。可是一天過去，兩天過去，印度人始終沒有現身。也許他們不僅僅是消失了，說不定早就施展飛行的法術，漂洋過海回印度去了。

─四個謎團─

就在兩個印度人在世田谷的小別墅消失的第三天，在日本東北部辦案的明智大偵探順利破案，回到了東京的事務所。他不顧舟車勞頓，把助手小林芳雄叫進書房，詢問起他出差期間這邊發生的事情。小林已經完全復原。聽小林說，小綠第二天就退了燒，在父母身邊玩得可開心了。

小林迫不及待，剛見到明智先生，就一五一十地彙報了印度怪人的事情：

「偵探，我完全想不通其中的道理。大家都說他們有魔法，我才不信呢。我覺得他們有著憑我們的智慧無法理解的祕密。您快指點我。我早就想聽聽先生的高見了。」

在小林的眼裡，明智偵探簡直就是全知全能的神，世界上沒有他不知道的事情。

「我在東北出差期間讀了報紙，有了一些想法。不過你催我也沒用，我無法現在就給你答覆。」偵探微微笑著，舒舒服服地坐在安樂椅上，蹺著二郎腿，抽起他最愛的埃及香菸。抽菸是明智偵探思考問題時的習慣，一根、兩根、三根，眼看著香菸化成菸灰，紫色的煙霧和菸草的香味彌漫在空氣中。

「小林，你過來。」偵探突然起身，走到牆上的東京地圖前，「你說的養源寺在哪裡？」

小林走過來指出了養源寺所在。

「那篠崎的家在哪裡？」

小林指出了篠崎家的位置。

「不出所料。小林，你知道這意味著什麼嗎？你看，養源寺和篠崎家，所在的街區不同，感覺相隔很遠，然而這兩處的後門貼得很近。從地圖上看，大概隔著兩三戶人家的樣子，其實相距不到十公尺。」偵探望著小林，臉上露出意味深長的微笑。

「經您這麼一說，是我疏忽了。這兩個地方，表面上看分屬兩個街區，所以感覺相隔很遠……，不過偵探，我還是不明白這意味著什麼。」

「你好好想想，就當作今天的作業吧。」偵探回安樂椅坐下，「小林，這個案件裡有不少常理無法解釋的地方，我們來一個個梳理吧。從案件中找出疑點，然後提出各種假設嘗試去解釋它，這是偵探的基本功。

就這個案子而言，首先，黑魔在東京各地出沒，弄得人心惶惶。他們為什麼要這麼做呢？這次作案的目的，是偷走篠崎家的鑽石，以及拐走名叫小綠的女孩。可是他們到處拋頭露面，還上了報紙，這不相當於是在告訴大家我們是黑魔，讓人們提高警覺嗎？

他們步步接近篠崎家，行動可不低調啊。而且還接連兩次搞錯了誘拐的對象。這兩個人遠在印度，竟也摸透了篠崎家的底細，不遠萬里來盜取寶石，一切都是策劃周密的，他們會犯這種低級錯誤嗎？小綠長什麼樣，應該早就調查清楚了。小林，你不覺得奇怪嗎？明顯不合常理嘛。」

「嗯，我沒仔細想過，這麼說來還真是疑點重重啊。他們的所作所為，明明是在給自己打廣告嘛，告訴大家自己是印度人，專門誘拐小孩。」小林恍然大悟，一臉驚訝地望著明智偵探。

「對吧。一般來說，犯罪分子總是能藏則藏，儘量低調行事。這兩個人反其道而行，到處宣傳。小林，你知道這意味著什麼嗎？」偵探的臉上浮現出神祕的微笑，小林不明就裡，心裡直發毛。

「第二個不可思議的地方，是他們會憑空消失，就像日本的忍者一樣。第一次在養源寺的墓地，第二次在篠崎家的院子，第三次在世田谷的小別墅，當時你也在現場吧。據說那天晚上，少年偵探團的六個團員圍在小別墅四周監視。他們可靠嗎？不會分神吧？」

「桂正一保證了，百分之百沒有疏忽。大家雖然是小學生，但執行起任務來個個盡心盡力，我相信他們。」

「看守正門的是誰？」

「桂正一和一個叫小原的。」

「有兩個人看守。那麼他們有看到別墅主人春木回家嗎？」

「沒有，他們沒看到春木回家，太不可思議了。小夥伴們在印度人還在二樓的時候就已經各就各位了，所以春木先生回家理應是在那之後。他要進家門，勢必會從桂正一他們面前經過。他總不會從後門進去吧，更何況看守後門的團員也說沒人經過那裡。」

「呵，事情越來越有趣了。小林，你怎麼看？你們事後沒向員警反映？」

「桂正一向員警反映了。可是中村組長不信，他說我們既然沒察覺印度人已經逃走，那麼沒發現春木回家也不奇怪，他認為小孩子靠不住。」小林有些氣憤。

「哈哈哈……，有意思。沒察覺印度人已經逃走，所以連春木回家也疏忽了。」明智偵探樂不可支，「對了小林，你是被春木從地下室救出來的吧。看清他的長相了嗎？會不會是印度人假扮成春木？」

「怎麼可能！春木就是日本人的膚色，偽裝做不到那種程度。我和他一起待在房間裡好長一段時間，可以肯定。」

「員警後來調查他的身分來歷了嗎？」

「查了，沒什麼疑點。他住進別墅已經三個月了，和附近派出所的巡警也都混得很熟。」

「呵呵，和巡警都打成一片了，有意思。」明智偵探看樣子興致頗高，「接著就是第三個疑點。當時你在篠崎家門前帶小綠上車的時候，是今井祕書開的門吧？那時有看清楚他的臉了嗎？」

「哦，我明白了。您這麼一說，我確實大意了。我看了今井的臉，確實是今井祕書沒錯，但萬萬沒想到，車開出不久，他就變成黑臉了。就這一點，我實在是想不明白。」

「與此同時，今井祕書被人綁在養源寺的墓地。這樣一來，不就有兩個今井祕書了嗎？不對，應該說是三個。一個躺在墓地，一個打開車門上了副駕駛座，一個在行駛過程中變成了印度人。」

「沒錯。真是莫名其妙。就像在做夢一樣。」

小林在和明智偵探討論案情的過程中，逐漸感受到這起案件的不可思議之處。他再也不敢小看魔法了，甚至覺得自己已經中了某種神祕的魔法。

「小林，你回憶一下，在車上的時候，你有沒有看那兩個印度人的脖子？」偵探又提了一個古怪的問題。

「脖子？您說的是這裡嗎？」小林指了指耳後。

「對，有沒有看到不自然的膚色？」

「這……我沒注意。哦，對了，他們兩人都戴著鴨舌帽，反著戴的，帽簷壓得很低，遮住耳朵後面，我看不見脖子。」

「不錯不錯，觀察得挺仔細。有你這句話就夠了。然後就是第四個疑點，犯罪分子為什麼沒有殺害小綠。」

「啊？不會吧。他們明明是要殺人滅口的，連我一起淹死在地下室。」

「其實不然。」偵探又意味深長地笑了，「你仔細想想，印度人把廚師綁起來了，卻對房屋主人春木沒有絲毫戒備。春木外出，說不定什麼時候就回家了。他回到家，聽了廚師的彙報，或許就去地下室救你們了。春木要是把你們救出來，印度人的一番苦心不就白費了嗎？他們怎麼不親眼確認小綠遇害，反而自顧自逃掉了呢？你想想，之前他們多執著啊，現在反而在關鍵時刻失了手，讓你和小綠保住了性命。那麼他們先前煞費苦心地做了這麼多事，到底是為了什麼呢？

小林，現在明白了吧？他們根本就不想殺害小綠。哈哈哈……真有意思。他們其實在演戲給人看呢。」

明智偵探又笑了，一副樂在其中的樣子。小林還是沒明白偵探的葫蘆裡賣的什麼藥，心裡很不安。

「小林，我提出了四個疑點，你好好思考。如果找到了答案，那這起案件的祕密就真相大白了。有些疑點我也還沒想明白，需要去求證。不過，我大致猜到了黑魔的真面目，這傢伙在暗地裡看笑話呢。別看我現在笑嘻嘻的，其實心裡很害怕，如果這個黑魔的真身和我想像的一樣，那可真是大事一件了。」明智偵探的神情變得異常嚴肅，壓低著聲音說話，小林甚至能感受到他的恐懼，以至於自己的後背也是一片冰涼，總覺得黑魔會突然出現在身後，朝他猛撲過來。

「對了小林，還請你再回憶一下。你剛才說看清了春木先生的臉。莫非你……」

說到這裡，偵探突然湊到小林的耳邊，說起悄悄話來。

「啊？您說什麼？」小林的臉色瞬間蒼白，「天啊，怎麼會……」

他張開雙臂，往後踉蹌了幾步。那姿勢，就像是真的見到鬼，拼命地阻擋躲避。

「你也不用這麼害怕，這只是我的感覺而已。綜合考慮那四個疑點，都指向一處，只不過還有待驗證，現在還不能下結論。我打算今天去見春木先生一面。他的電話號碼是幾號？」

說著，明智偵探查閱電話號碼本，打了通電話給春木。

各位讀者，明智偵探到底跟小林說了些什麼，讓他臉色大變呢？明智偵探說了，只要解開這四個謎團，就會自然而然地得出這個可怕的結論。各位有興趣的話不妨一試。不過，這次的謎團相當複雜，結果大大出乎意料，解謎絕非輕而易舉之事。在下一章裡，謎底將揭開，可怕的黑魔，也將露出真面目。

──倒掛的人頭──

明智偵探打算和出租房間給印度人的別墅主人春木見上一面，瞭解一些情況，便打電話給春木。對方說白天不方便，請他晚上七點左右再來訪。

約好見面時間，明智偵探立刻出了門。說是在和春木見面之前，先去做一些調查。小林芳雄執意要跟隨偵探，不過偵探念其疲勞尚未消除，令他留守事務所。

偵探去了哪裡，做了什麼，暫且不說。讓我們從明智偵探上門拜訪春木說起。

青年紳士春木先生出門迎接，見到明智偵探，他似乎很高興：

「歡迎光臨寒舍。久仰大名，在下早想會會您，沒想到您親自登門，不勝榮幸。請進。」

說著，春木將偵探迎進門，領到二樓的客廳。兩人面對面坐下，寒暄了幾句，這時三十歲上下、身穿高領西裝的廚師端來紅茶。

「我早年喪妻，和廚師兩人住在這裡，別無家人。家裡太寬敞，我就把房間租給那些印度人，沒想到竟是引狼入室。他們是經人介紹的，所以我沒有起疑心。」春木先生望著廚師離去的背影，聽口氣像是在為自己開脫。

明智偵探見機直接切入正題：

「其實我這次登門，是想親耳聽您說說那晚發生的事情。我最想不通的，就是印度人的憑空消失。您大概已經有所耳聞，幾個孩子組成了一個少年偵探團。就在那晚，警視廳的中村組長到達這裡的二十來分鐘之前，孩子們親眼目睹了印度人在二樓的某一個房間裡。您在員警到達之前回到家，這時印度人已經不在了，您不覺得奇怪嗎？這二十分鐘裡，六個孩子圍在別墅四周進行監視。正門就不用說了，印度人就算是從後門，或是翻牆逃跑，都逃不過孩子們的眼睛。」

春木先生聽了偵探的話點了點頭，滿臉驚悚：

「就您提的這情況，我也是百思不得其解。那兩個印度人莫非會一些超乎你我想像的魔法嗎？」

「怪事還不只一樁呢。您回到家的時間，是在孩子們發現印度人之後，員警趕到之前。這期間孩子們正嚴密監視著這幢別墅……，您，是從大門進來的吧？」

「嗯，我是從大門進來的。」

「大門口有兩個孩子把守。您看到他們了嗎？他們就像哨兵一樣站在門邊。」

「是嗎？我沒留意。或許我進門的時候，他們剛好去了別處呢？說是嚴密監視，畢竟只是小學生，靠不住吧。」

「您可別小看了他們。孩子把一件事情放在心上，可是比大人專心多了。在那種情況下，我更願意相信孩子。我登門拜訪之前去處理了一些事情，其中一件，就是去會會當時守門的孩子。他們的回答很清楚，絕對沒有離開一步，也沒有東張西望。孩子是不會說謊的。」

「那麼，他們看到我了嗎？」

「沒有，他們說沒有看到你。沒有人進門，也沒有人出門。」說話間，明智偵探緊緊盯住春木先生那張英俊的臉。

「這話說的，就好像我使了什麼障眼法。有意思有意思，哈哈哈……」春木先生笑得有些尷尬。

「哈哈哈……」明智偵探也陪著他笑起來，笑聲當中帶著刺，「減去二，再加上二，沒有增加，也沒有減少，還是老樣子。您明白我的意思嗎？簡單的加減法。」

偵探說了些莫名其妙的話，隨後話鋒一轉：

「對了，我今天去了養源寺的墓地和篠崎家的後院，有一個有趣的發現。您猜是什麼？是一條連接這兩個地方的狹窄地道。養源寺和篠崎家分屬不同的街區，而且大門口也相隔很遠，但是這兩處的屋後卻只隔了一片十幾公尺的空地，可以說是緊鄰在一起的。印度人就是利用了這種錯覺，挖了地道，營造出憑空消失的魔法效果。

養源寺墓地有一座古老的石塔，把基石移開，就露出了地道的入口。至於篠崎家後院那邊，地道口上擱一塊木板，再鋪上長草的泥土，乍看之下看不出有什麼異樣。而且地道口周圍草木茂盛，光線幽暗，偽裝得很漂亮。

印度人從墓地消失，其實是通過地道潛逃到篠崎家，從篠崎家盜取鑽石的時候，也是利用這條通道，逃到了養源寺。這兩個地方表面上相隔很遠，所以沒人看透其中奧妙。哈哈哈……，這就是印度人玩的鬼把戲。」

春木先生聽著，竭力掩飾驚訝的神色。

「不過是偷塊寶石嘛，何必這麼大費周章呢？更便利的手段也不是說沒有。」他反問偵探。

「您說的對。這兩個人的確是在瞎折騰。這還算是小折騰，還有更大的呢。春木先生，這就是這起案件的奇妙之處。非常有趣。」

明智偵探賣了個關子，望著春木先生。

「您說更大的瞎折騰？」

「印度人脫光在隅田川游泳，還在東京各地遊蕩，搞得人心惶惶。還有，他們連兩次抓錯人，把別家的女孩當作是篠崎家的小綠誘拐走。都是些徒勞無功的行動。那麼問題來了，他們為什麼瞎折騰？春木先生，您有何高見？」

「唉呀，我都聽糊塗了。」春木先生臉色都變了，有些不自在。

「您還不明白嗎？那麼我來說說拙見。他們這麼做，是在為自己打廣告，向社會傳遞一個訊息：我們是皮膚漆黑的印度人，我們要拐走篠崎家的小綠。準確地說，是向篠崎夫婦傳遞這個訊息，目的就是為了讓篠崎先生相信，有兩個印度人不遠萬里來到日本，要取回那顆被詛咒的寶石。」

「為什麼他們要高調打廣告？」

「如果真是印度人來尋仇，別說打廣告了，肯定是想方設法銷聲匿跡。他們的所作所為全是逆向的，所以，我們必須顛倒過來思考。」

「顛倒過來思考？」春木表示不解。

就在這時，兩人對話中出現的「顛倒」這個詞在現實當中得到了印證——看窗外！玻璃窗的上邊緣，突然冒出了一張人臉，頭朝下，就像是吊在空中。這不正是「顛倒」嗎！暮色沉沉的窗外，此人頭髮朝下，滿臉通紅，雙目倒懸，密切監視著房間裡的風吹草動。

窗邊倒掛著一張人臉，太不可思議了。

更不可思議的是，春木先生看到這張臉，完全不驚訝，反倒對他使了眼色。這張倒掛的臉眨了眨眼睛作回應，緊接著就消失了。

他是誰？怎麼有點眼熟呢？對了！這不就是那個廚師嗎？剛才上茶的人。這也太離奇了。你們見過誰家的廚師倒掛在屋子外頭，窺探室內的？真新鮮啊。

那扇窗戶剛好在明智偵探身後，所以偵探絲毫沒有察覺倒掛的人頭。各位，情況不對勁啊，明智偵探不會遇到危險吧？這幢小別墅裡，是不是還醞釀著什麼可怕的陰謀呢？

——屋頂的怪人——

明智偵探對剛才發生的事一無所知，繼續發表他的見解：

「我說的顛倒，是指事實真相剛好和案件主使的所作所為相反。他們並不是膚色黝黑的印度人，而是日本人。誘拐篠崎家的小綠，無非是想讓人相信這是寶石的詛咒，而不是真的要取小綠的性命。證據就是小林和小綠都獲救了。他們大費周章，好不容易才把兩人拐到這裡，如果真心要殺人，必然要親眼見證兩人斷氣，怎麼可能中途離開？

所以說，這一切只不過都是轉移大眾注意力的手段，如此煞費苦心，可見這起案件的主使必定是名聲在外的人物。我說的沒錯吧？」

「這麼說來，不是印度人幹的？」春木先生的嗓音有些沙啞。

「是的，犯人肯定是日本人。」偵探微微笑著，盯著春木先生的臉。

「可是印度人確實存在呀。我說印度人租了我的房子，您可以不相信，但孩子們確實在二樓看見了他們，而且據說當時小林和小女孩上車後不久，司機和副駕駛座上的人就不知不覺變成了黑人，這也是事實。」

「哈哈哈……春木先生，如果我說這些都是騙人的呢？小林說他剛上車時，副駕駛座上的是篠崎家的祕書今井。怎麼突然變成了黑人呢？還有，同一時間，真正的今井被人綁了，丟棄在養源寺。一個今井，怎麼可能同時出現在兩個地方？這一點實在太有意思了。直覺告訴我，破案的關鍵就在這裡。」

春木先生聽了，臉上浮現出複雜的笑容：「唉呀，真不愧是大偵探，都想到這一步了。這麼說來，這個案子您破了？」口氣裡不乏欽佩之情。

「嗯，破了。」

「真的嗎？」

「那還有假。」

兩人都沉默了，一臉嚴肅地注視著對方，那眼神，彷彿要看穿對方的心思。

「願聞其詳。」春木先生發青的臉上滲出密密麻麻的汗珠，口氣有些虛弱。

「在車上，兩個人突然變黑了，這是騙小孩的把戲啊。很簡單，只要在行駛期間，把頭一低，不讓後排乘客發現，然後悄悄地用顏料──估計是煤灰之類的東西，把臉和手抹黑了，就這麼簡單。沒有比偽裝成黑人更簡單的了。為此我特地問了小林，那兩人的脖子是什麼顏色，他說鴨舌帽的帽簷擋著，看不見皮膚。可見那兩人用心良苦。」

「那麼那個叫今井的祕書同時在兩地出現，又如何解釋？」春木先生的口氣一下子強硬起來，咄咄逼人。

「看來您很在意這一點啊。哈哈哈……只有一種可能。那就是犯人綁架了今井祕書，換上他的衣服，再偽裝成他的模樣。問題來了，犯人能夠偽裝得和今井一模一樣嗎？幾乎不可能。不過，偌大的日本，有一個人能夠辦到。」

「是誰？」

「二十面相。」

偵探直截了當地說出了這個名字，目光直視對方的眼睛。令人窒息的對視持續了大約半分鐘。

這個「二十面相」是何方神聖？各位讀者想必不陌生。據說他有二十副面孔，是喬裝打扮的頂尖高手，也是罕見的寶石大盜，現在應該在監牢裡。

「二十面相，好久不見。」明智偵探很是淡然，拍了拍春木的肩膀。

「您……您說什麼呢？我是二十面相？」

「別裝蒜了。我剛剛去了監獄一趟，證實在那蹲大牢的是個冒牌貨。你知道我剛才為什麼囉囉唆唆說了一大堆嗎?我說話的同時也在觀察你的表情。說白了,我在測試你。果然,你的臉色越來越差,也越來越侷促不安。你看你,滿頭大汗。這不是不打自招嘛。

減去二再加上二,總數不變。你和廚師兩人喬裝成今井祕書和司機,後來為了騙過少年偵探團,又偽裝成印度人,裝神弄鬼給他們看。再偽裝,印度人就成了你和廚師。難怪那群孩子既沒看到印度人出逃,也沒看到你進門。表面上有四個人,其實不過是你們演的雙簧。

話說回來,二十面相堅持不殺人主義,這一點讓我很佩服。你從一開始就打定主意要救小林和小綠的吧。」

偵探話音未落,房間裡響起雷鳴般的笑聲:

「哇哈哈哈哈……,了不起了不起,真不愧是明智小五郎,都被你看穿了。也難為你費了一番苦心調查,我就不隱瞞了。沒錯,本大爺就是你害怕的二十面相!

你揭露了我的真面目,算你有本事,不過你明白嗎?這恰恰證明了你的無能。先前你以為在博物館逮捕了我,那麼得意啊,大家都把你捧上天了。可是現在你看看,這不是欺世盜名嗎?你今天的所作所為,完全是自找麻煩嘛。

你就別跟我過不去了，放過我，你就能一直當你的大英雄，否則就等於是在告訴大家，你在博物館抓到的，壓根兒不是二十面相，而是個冒牌貨。堂堂大偵探的招牌，可就砸了。

哈哈哈……，真有意思。你覺得我會犯那種低級錯誤嗎？白鬍子博物館館長其實是怪盜二十面相——多麼合你口味的設定，我是在投你所好呢。你果然上當了，把我偽裝成博物館館長的手下當作是二十面相。一切都在我的掌握之中，也難為你了。我沒有一張固定的臉。連我自己，也搞不清楚自己真正的長相了。

當時在博物館門口，二十面相倉皇逃竄，還被一群小孩壓倒在地，你真心覺得我堂堂二十面相會是這般下場嗎？那也太慘了吧。」

二十面相滔滔不絕地說了一大堆，說完哈哈大笑起來。

「好大的口氣。往事你也別提了，眼前勝利是屬於我的。你演的印度人，也被我看穿了。」明智偵探淡定得很，微笑著答話。

「這齣戲挺有意思的吧。我在篠崎家偷聽到了他們說寶石的來歷，我晝思夜想，太想得到它了，就自導自演了這一齣戲，不僅得到了寶石，還製造了轟動效應。既然是印度人幹的，當然沒人會懷疑二十面相，不過畢竟是名貴的寶石被盜，員警不會坐視不管的。

現在說說你打算把我怎麼樣吧。區區一個人也敢闖我二十面相的巢穴，真是有勇無謀啊。可憐可憐，現在輪到我轉守為攻了，今天你休想從這個房間邁出一步！」

二十面相現在的處境可謂是困獸猶鬥。他面目猙獰，一副隨時要撲向明智偵探的架勢。

「哈哈哈……，你呀你呀，我什麼時候說過是一個人來的？看看你背後。」

二十面相一愣，回頭望向房門口——我的天！房門大大敞開著，五個身穿制服的員警，不知什麼時候悄悄潛入了別墅，把房門口堵得嚴嚴實實。

「可惡的臭偵探！」

二十面相惱羞成怒。明智偵探來了個出其不意，嚇得怪盜腿都發軟了。說時遲那時快，二十面相突然衝向偵探背後的那扇窗。

「想跳窗逃跑？頭腦太簡單了吧。老實告訴你，樓下圍著五十個員警呢。」明智偵探留了一手。

「哼，想得真周到。」二十面相打開窗，探出身子朝下看，回過頭說，「有一個地方，你們怎樣都拿我沒辦法，瞧我的最後一招。你猜是哪？就是這！」

話音未落，二十面相把上半身挺出窗外——就這麼消失在黑夜裡。他到底做了什麼？他鐵了心要跳窗逃跑嗎？難道明智偵探是虛張聲勢？不，這幢小別墅的四周的確有數十個員警。要突破重圍逃脫，簡直比登天還難。

明智偵探見二十面相消失在窗外，趕緊跑到窗邊往下望。你猜怎麼了？地面上連個人影也沒有。雖然天已經黑了，但樓下有燈光，院子裡的情況能模模糊糊地看出個大概，就是沒見著二十面相的影子。

「喂，我在這裡啊！你忘了你的顛倒理論了？我沒跳樓，我飛上天了。惡魔升天！哈哈哈……」

空中傳來二十面相的聲音，明智偵探循聲望去，不由「啊」地驚叫一聲。各位請看。二十面相順著一根從屋頂垂下的繩子往上爬，身手不在雜技演員之下。好一個「惡魔升天」！

明智偵探人在室內，當然看不到屋頂的情況——那個白衣廚師叉開雙腿穩住下盤，左右手交替用力往上拉繩子。繩子的一端繫在屋頂，下面的人往上攀爬，上面的人同時往上拉，兩相疊加，速度飛快，眼看著二十面相到達屋頂。剛才窗外廚師露臉，是用暗號告訴二十面相繩子已經準備妥當，想必當時他是把繩子一頭捆在自己身上，倒掛在窗口。

就這樣，二十面相眨眼間就消失了。可是，他上屋頂又有什麼用？孤零零一幢小別墅，四周都是空地，不像在市區，可以從一戶人家的屋頂逃到另一戶人家的屋頂。而且別墅已經被大批員警所包圍，這不是甕中捉鱉嗎？屋頂上沒吃沒喝的，不能久留。要是下雨，兩人包準變成落湯雞。

「怎麼了？那傢伙上屋頂了？」堵在房門口的五個員警跑到偵探身邊。

「是啊，真是狗急跳牆。我們就坐等他們落網吧。用不了多久，等他們彈盡糧絕了，自然會投降。」聽口氣，偵探還挺心疼他們。

那五人火速下樓，將樓上的情況通報給門外待命的同伴們。其實，門外的員警已經掌握了目前的形勢。

中村組長一聲令下，五十多個員警從前門後門一齊衝進門內，將小別墅圍得水洩不通。兩位員警受命離開——沒過五分鐘，附近的消防局派來消防車，向小別墅的屋頂架起雲梯。員警們繫好帽帶，脫了鞋只穿襪子，一個個攀緣而上。屋頂上手電筒光線交錯，一場大追捕拉開序幕。

二十面相和廚師手牽手，站在屋頂的最高處附近。員警們遠遠地把兩人圍住，手持逮捕犯人用的繩子步步逼近，不敢有絲毫懈怠。

「哇哈哈哈……」兩人突然齊聲大笑起來。死到臨頭還笑得出來，不知道在想什麼。

「哇哈哈……，有意思。場面真壯觀。你看，來了一個、兩個、三個、四個、五個……，還有人往上爬呢，屋頂快擠滿員警了。各位可要小心走好，晚上有露水，滑得很，失足掉下去必死無疑……，唉呀，這不是中村警官嘛。好久不見，你辛苦了。」

二十面相大放厥詞，完全不把員警放在眼裡。

「沒錯，正是我中村。你作惡多端，就別虛張聲勢了，快快束手就擒。」中村組長下了最後通牒。

「哇哈哈哈……，你這是在逗我嗎？束手就擒？真當我是甕中之鼈，覺得我無處可逃了？我可不會落網，我的野心還很大呢。偷了區區一顆寶石而已，這就作惡多端了？中村，我給你出個謎題吧，我們怎麼從屋頂上脫身，你能解開嗎？哈哈哈……，二十面相是魔術師嘛，猜猜看這次我會表演什麼魔術。」

二十面相還是那麼狂妄。他是在虛張聲勢嗎？感覺不像。看他那自信滿滿的樣子，好像真的能脫身呢。但是畢竟四面八方都是員警，他要怎麼逃呢？能逃掉嗎？

—惡魔升天—

中村組長把二十面相的話當作耳邊風，不與他浪費口舌，他覺得對手就是在裝腔作勢，就算插翅也難飛了。他向屋頂上的全體員警下達了總攻擊的命令。一聲令下，十幾個員警吆喝吶喊著衝向敵人。眼看著敵人被包圍，範圍越來越小。

二十面相和廚師兩人攜手站在屋頂正中央，他們無路可逃了。

「上！」

中村組長一聲大喝，率先撲向兩人。其餘員警緊隨其後，從四面八方發動進攻，看那洶洶的氣勢，幾乎要把對手碾碎了。

萬萬沒想到。就在中村組長一躍而上的瞬間，兩人不見了！

黑暗影響視覺，員警們沒有察覺這個異狀，認錯了敵人，緊緊揪住組長不放，上演了一齣自己人抓自己人的鬧劇。中村組長一聲怒吼，員警們這才恍過神來站起身，發現被撂倒在地的並非二十面相，而是自己的上司。每個人都傻了眼。

「我要燈光！快打開手電筒！」中村組長有些氣急敗壞。

可是剛才拿著手電筒的人都撒手丟掉了手電筒，空出手去抓人了。四下黑漆漆的，一時半刻找不到手電筒，一幫員警亂成一團。

就在這時，屋頂上突然一片光亮，就像白天一樣。員警們被強光晃得睜不開眼。

「是探照燈！」有人喜出望外。

沒錯，正是探照燈。小別墅的前院裡停著一輛載有小型探照燈的卡車，兩名技師把強光投射在屋頂的斜面上。

這是警視廳的移動探照燈。中村組長得知那兩人逃往屋頂，第一時間派人去消防局調來雲梯，又派人給警視廳打了電話，請求出動探照燈。技師剛剛接上電源，照亮了屋頂。

員警們在這亮如白晝的燈光中東張西望，四處尋找二十面相的身影，他們的視線漸漸從屋頂轉移到了空中。

「你們看！在那！」一個員警驚叫著直指天空——不只是屋頂上的員警，地面上的人也看到了這一大大出人意料的景象，驚叫聲此起彼落。

各位請看，二十面相朝空中飛去，好一個「惡魔升天」！人們看到一個巨大的球狀物體騰空而去——是氣球！球體塗成黑色，詭異得很。氣球下的吊籃裡，隱約可見兩個小小的人影，一個是穿黑色西服的二十面相，一個是穿白衣服的廚師，他們俯瞰地面，像是在嘲笑員警的無能。

二十面相的謎底總算是揭曉了。他所謂的「絕招」原來是氣球。真是大手筆、大排場，一般的盜賊連想都不敢想。二十面相早早準備好氣球以防萬一，當晚和明智偵探見面之前，就給氣球充了氣，繫在樓頂。由於氣球全部塗黑，黑夜裡不怕被路人發現。其實別說是路人了，就連屋頂上的員警們都絲毫沒有察覺。員警再能幹，也沒料到二十面相居然準備了氣球，因此光留心屋頂的情況，沒有朝上看——即便朝上看，或許也難以發現夜空中漆黑的氣球。

想必是二十面相和廚師被員警們逼上絕路的時候，一個閃身跳進吊籃，切斷纜繩就起飛。行動一氣呵成，又有黑夜作掩護，給人的感覺就是兩人消失了。

中村組長氣得直跺腳，敵人飛上了天，徹底拿他們沒轍了。五十多個員警抬頭望天，叫罵聲此起彼落。二十面相的氣球撇下那群人，悠悠哉哉地朝高空飛去。地上的探照燈隨著氣球的升高而抬升光線，在夜空中畫出一道白色光帶。

白色光帶中，怪盜的氣球眼看著越來越小，越來越高，越來越遠。吊籃當中兩人的身影早就看不見了。沒多久，吊籃本身也變得若有似無，到最後，氣球變得像乒乓球那麼小，在燈光中搖搖晃晃，不到片刻，就沒入夜色，消失不見了。

—氣球的下場—

「二十面相飛上天！」

消息傳開之後，警視廳和各警察局就不用說了，報社裡也沸沸揚揚。警視廳的高層當即召開緊急會議，決定用探照燈追蹤怪盜。

很快，東京的天空中十幾條光束交錯，就像發生了戰爭。東京的高層建築的屋頂也亮起好幾盞探照燈。警視廳和報社的直升機已經發動引擎待機，只等天一亮就出發。

儘管大張旗鼓，人們還是找不到黑氣球。當晚空中雲層很厚，黑氣球十之八九是飛到雲層裡去了。如此一來，大規模的搜索行動徒勞無功，只得等天亮再說。

次日清晨，埼玉縣熊谷市的民眾發現晴空中飄著一個漆黑的氣球，一下子便傳開了。當天早上的報紙大肆報導東京昨晚發生的這起案件，所以民眾很快就明白了氣球的來歷。怪盜的氣球想必是被半夜起的東南風吹到這裡來的。

「是二十面相！二十面相在飛！」

消息一傳十十傳百，傳遍了整個熊谷市區，連鄰近的城鎮都知道了。人們紛紛跑到街上，或者爬上屋頂，仰望空中的黑氣球。

看樣子高空的風很大，氣球快速朝西北方向飛去。眼看著它飛過村莊，飛過森林，很快就穿越了熊谷市的上空，往群馬縣飛去了。

熊谷市的員警眼巴巴地望著氣球飛走，氣得直跺腳。但生氣歸生氣，總不能用高射炮打下來吧，也不能出動直升機用機關槍掃射，只能乾瞪眼。他們把目擊氣球的消息通報給東京，倒是報社迫不及待地採取行動了，命令各自的直升機出動追蹤。他們不敢奢望將怪盜逮捕歸案，此舉的目的是追蹤怪盜，拍照報導，以掌握事件始末。

四架直升機先後起飛，全速飛行，在熊谷市和高崎市的交界處追上了氣球。就這樣，一場空中大追捕在群馬縣南部的空中拉開序幕。四架直升機將氣球包圍住，氣球不像直升機有旋翼推動，無法擺脫包圍，只能隨風飄盪。二十面相顯然是被困住了。不過直升機也沒辦法捉拿他，只能和氣球保持同樣的速度飛行，緊緊咬住不放。

這場空中大追捕所到之處，人們紛紛丟下手頭工作，爭先恐後跑到戶外，抬頭望天的同時大呼小叫著；田間耕作的農民也丟下鋤頭和鐵鍬，看得出神；小學教室的窗邊，排著一群孩子們的小臉蛋；剛好有火車駛過此地，車窗邊也是仰望天空的人群。

四架直升機組成菱形陣，把氣球圍在中間，直升機時不時從氫氣球前掠過，像是要嚇唬嚇唬怪盜。二十面相對此作何感想呢？陷入包圍的他，還有信心逃脫嗎？

就在飛近高崎市的時候，二十面相的末日到了。黑氣球像是突然失去了浮力，眼看著往下掉，可能是什麼地方破了洞，漏氣了。各位請看！原本鼓鼓的氣球表面出現了皺褶，而且越來越多……

這一幕十分可怕。一分鐘、兩分鐘、三分鐘，皺褶急劇增加，氣球越來越扁，直往下墜。風很大，把氣球吹往高崎市那邊，四架直升機緊隨其後，降低了高度，卻始終保持著陣形。

高崎市的一處山丘上，有一尊巨大的觀音像，高聳入雲。觀音像前的廣場上人頭攢動，為的是目睹難得一見的空中大追捕。如此驚心動魄的一幕，讓任何一部驚險影片都相形失色。

一碧如洗的晴空，皺巴巴的黑氣球已經完全喪失了浮力，直直下墜，四架直升機緊隨其後，急速下降。氣球逼近觀音像的頭部了，一陣風刮過，幾乎要把氣球吹到觀音像的臉上。

「哇——哇——」地面人聲鼎沸。

氣球拂過觀音的臉，掠過觀音前胸，就像一隻漆黑的怪鳥從天而降，在場的群眾「哇」地散開。挨近地面的氣球被大風拉扯著，斜斜墜地，之後又隨風飄了一段，最終「沉屍」地面。氣球的吊籃也翻倒了，被破氣球拖了五十幾公尺才停下。吊籃中的兩人似乎都不省人事了，遲遲沒有站起身。

報社的四架直升機親眼見證了怪盜的下場，再者附近沒有停機坪，便像四隻老鷹騰空而去，返回東京。

幾名員警拉開人群，第一時間趕到墜地現場。高崎市警察局在前一天晚上就接到了二十面相逃跑的消息，今晨見空中出現黑氣球，就知道冤家送上門來了。在氣球開始墜落的時候，他們便出動警車，朝觀音像出發。

員警們跑到翻倒的吊籃前，見二十面相半個身體倒在吊籃外頭，和廚師一樣不省人事，便一把抱起他們。萬萬沒想到，接下來發生了一樁怪事。

員警扶起他們的上半身，不知怎麼的，突然就撒了手。兩名犯人栽倒在地。

「這……這不是假人嗎？」

「氣球上的人原來是假的……」

員警們面面相覷，啞口無言。

天哪，這是怎麼一回事？好不容易逮到的怪盜，不是有血有肉的大活人，而是兩具蠟像！二十面相給兩具假人穿上黑西裝和白衣服，以此瞞天過海——他的鬼點子還當真是無窮無盡。別說員警，報社、東京的市民、熊谷市乃至高崎市的人們，全都被愚弄了。可憐了那四架報社的直升機，白白飛了一趟。

其實，二十面相還留了一手更讓人火大的把戲。

「唉呀，好像有一封信。」

一位員警發現了什麼，彎腰從假二十面相的胸前口袋抽出一封信。信封正面寫著「員警大人勳鑒」，背面署名「二十面相」，打開閱讀，盡是挖苦諷刺的話。全文如下：

哈哈哈……，真是太有趣了。你們都上了我的當。我二十面相智慧過人，領教了吧。我彷彿能看見你們奮力追逐氣球的樣子，費了一番工夫以為抓到了，不料是假人……，想想都覺得好笑。

我覺得有些對不起明智先生。他不愧是人們心目中的「大偵探」，識破了我，卻也因此自討苦吃。要不是他那麼愛管閒事，也不會搞出這麼大的風波。事情發展成現在的局面，已經無法挽回了。多虧了明智先生，我二十面相又能大大方方地開始活動了，你們可別怪我手下不留情呀。

向明智先生問好。接下來我會幹一番宏偉的大事業，請拭目以待。

好了各位，後會有期。

二十面相早預料到會有這樣的結局，於是寫了這封信，塞在假人的口袋裡。讀完信，員警們受了大刺激，嘴巴都合不上了。

好一個膽大妄為、目中無人的怪盜。在這起案件裡，就連響噹噹的明智大偵探也沒能棋高一著，最終中了二十面相的黑氣球之計。這麼說來，當時他們逃到哪裡去了呢?事後查明，小別墅的屋頂上，有十幾塊瓦片被動了手腳，改造成可以打開的蓋板，蓋板下面，有一個類似閣樓的密室。

就在怪盜差點被中村組長擒獲之際，他切斷了載著假人的氣球的纜繩，接著以迅雷不及掩耳之勢躲進了密室。時值黑夜，就連中村組長這樣的老員警也沒能識破這個機關。大家的注意力全在黑氣球上了。從空中逃跑，如此令人訝異的舉動只有二十面相這樣的怪盜才做得出來——萬萬沒想到，這只不過是他的障眼法。

假如二十面相只建造了閣樓密室，必然是很快露餡。屋頂上的人突然消失，誰都會懷疑屋頂上有機關。正是出人意料的黑氣球吸引了所有人的注意力，一個普普通通的藏身之所就成了絕對安全的所在。何況氣球的吊籃裡，還載著「二十面相和他的手下」呢。

眼看著氣球升空，包圍小別墅的員警們撤得一個不剩，連明智偵探也放鬆了警惕，離開了現場。等人員散盡，二十面相和部下在閣樓密室重新偽裝，順著剛才的麻繩落到地面，大大方方地出了門，簡直是大魔術師的作法。

各位讀者，怪盜二十面相又出現在我們面前了，還惡狠狠地給大偵探明智小五郎下了戰書。明智偵探當然不會乖乖認輸。偵探對怪盜，針尖對麥芒，兩人又將展開新一輪你死我活的智慧較量！

──黃金塔──

二十面相終於亮出了真面目。他以怪盜二十面相的身分高調復出，施展他那魔術師般的手段，一如既往地專注於盜取珠寶和美術品。

此事經報紙報導，東京的市民們顫抖了，恐慌程度竟然超越了黑魔事件。尤其是家中藏品豐富的富豪，擔心得睡不著覺。畢竟二十面相是神偷，連政府經營的博物館都敢染指。

「黑氣球騷動」結束後過了十天，東京的一家晚報在社會新聞版面登載了一條震驚全東京的消息。內容如下：

我社編輯部今晨收到怪盜二十面相來函。

怪盜在信中附上廣告費，要求在本報的廣告版刊登其信件全文。本報不能登載盜賊的廣告，嚴詞拒絕。

信中寫道，本月二十五日深夜，二十面相將盜取大鳥鐘錶店所藏的著名寶物「黃金塔」。縱觀其作案經歷，怪盜從未食言。其奉勸明智小五郎及廣大員警加強戒備，口氣狂妄至極。

此信或許是某人的惡作劇。但考慮二十面相的作風，也未必是假。本報已將信件提交警視廳，並知會大鳥鐘錶店。

接下來的文章裡，提到了「黃金塔」的由來、二十面相以往的作案伎倆，以及明智偵探的採訪記錄，洋洋灑灑，篇幅很大。這篇報導特地用了特大號的標題，並配以明智偵探的大幅照片。

報紙上提到的「黃金塔」，到底有多著名呢？在此作簡單介紹。

大鳥鐘錶店是東京數一數二的老字號店鋪，位於京橋一帶，有一座高高的鐘樓。店主大鳥清藏老人是個愛炫耀的奇人，篤信淺草觀音。他曾經一時心血來潮，製作一座淺草寺五重塔的純金模型，作為傳家之寶。後來黃金塔製成，塔頂為邊長約十二公分的正方形，高約七十五公分，就連細微之處也是維妙維肖，精美非常。而且這座塔是實心的，實實在在填滿了黃金，重量超過八十公斤，當時光是材料費就花了二十五萬日元，現在值五億日元！

就在黃金塔完工之際，銀座的一家鐘錶店遭竊賊入侵，櫥窗被砸，當時價值約兩萬日元（現在值四千萬日元）的金條落入賊手。此事為前車之鑒，費了老大工夫做好的傳家寶，可不能有閃失，大鳥清藏便把原本陳列在店堂裡的黃金塔搬進房間，加以重重防備。

這間房間大約四坪多。大鳥清藏先是把房間四周的紙隔扇全部換成結實的木門，然後一一上鎖，鑰匙由他本人和掌櫃門野大爺保管，片刻不離身。這是第一關。

如果盜賊破解第一道關卡，破門而入，那麼等待他的是第二道關卡。這間房間的榻榻米下面安裝了電子感應裝置，只要有人踩到上面，全家上下將警鈴聲大作。

關卡還不只這兩個，第三道關卡才恐怖呢。黃金塔被安置在一個底面是邊長六十公分的正方形、高約一點三公尺的精緻木框裡，木框就放在房間的壁龕上。這個木框可不簡單。原本木框四周是要鑲玻璃的，做成密閉的盒子，大鳥清藏有意不鑲（這樣誰都能觸摸黃金塔），而是在木框四根粗大的柱子上安裝了紅外線感應裝置。

每根柱子上各安裝了三處這種紅外線感應裝置，四根柱子共計十二處，一齊發射肉眼看不見的紅外線，將黃金塔的上下左右包圍起來。如果有人把手伸向黃金塔，觸及紅外線，那麼就會觸發警報裝置，使警鈴人作，同時八把隱藏在木框八個角的小手槍將開槍射擊。簡直就是一座微型要塞！按理說要防盜，把黃金塔放進大保險櫃就萬事大吉了，這個大鳥清藏可不想這麼做，最自傲的寶貝，當然要好好炫耀一番，於是他便煞費苦心設計了這麼一套裝置，為的就是能夠向熟客好好展示黃金塔。當然，炫耀寶物的時候，要按下木框柱子背面的祕密按鈕，關閉紅外線感應裝置。

一座價值連城的黃金塔，已經驚動了全城，再加上這麼一套滴水不漏的保全系統，知名度更高了。當然，對於這套保全系統，大鳥鐘錶店起初是嚴格保密的，無奈世人道聽塗說，誇大其詞，到後來流言蜚語滿天飛。有人說，只要邁進那房間一步，就會腿軟腳麻，渾身無力。有人說，有個銅頭鐵臂的機器人看守，一旦發現可疑之徒入侵，便會立刻將其就地正法……，連報紙也拿它大做文章，現在是人盡皆知的祕密了。

二十面相就相準了這點。他曾經一夜盜取了價值百萬日元（現在值二十億日元）的名畫，區區黃金塔應該不放在眼裡，吸引他的，是那套保全系統。攻克重重機關，將黃金塔收入囊中，再次驚世駭俗——這才是二十面相的著眼點。

「怎麼樣？本大爺手段了不起吧。」

他要的是這種目空一切的感覺。他要讓員警和明智偵探吃夠苦頭，然後盡情嘲笑他們。像二十面相這樣的神偷，跟高手過招並且勝出，才是他最大的滿足。

大偵探明智小五郎也看到了那篇報導。次日，大鳥鐘錶店的店主登門拜訪，請求他保護黃金塔。偵探當然是攬下了這樁生意。

先前的那起案件中，二十面相藉氣球金蟬脫殼，中計的是以中村組長為首的員警，但明智偵探亦不能免責。被對手擺了一道，恥辱感格外強烈。偵探神色凝重，眉宇間流露出他的決心——此次必將二十面相繩之以法，一雪前恥。

各位讀者，你們會不會擔心？怪盜二十面相此次會施展怎樣的魔法盜取黃金塔呢？大偵探能否成功阻止他的陰謀？一個是赫赫有名的大偵探，一個是讓人聞風喪膽的大盜賊，一對一展開真刀實槍的較量。兩人的目標是一樣的——只許成功，不許失敗！

──奇怪的少女──

助手小林芳雄得知偵探接了案子，心中忐忑不安，一心祈禱偵探能夠一舉擒獲二十面相。

「先生，有什麼我能夠效勞的，請您儘管吩咐，我一定全力以赴。」就在大鳥清藏來訪的隔天，小林走進偵探的書房自告奮勇，滿腔熱忱溢於言表。

「謝謝你。有你這樣的助手，我真幸運。」偵探站起身，手扶小林的肩膀，深表感激，「目前確實有一個任務要交給你。這個任務至關重要，而且人選非你莫屬。」

「那就交給我吧。只要是先生交代的任務，我保證完成。」小林喜不自禁，臉頰都紅了。

「是這樣的……」明智偵探對小林耳語了幾句。

「啊？我行嗎？」

「沒問題的。你肯定行。阿姨會幫你張羅。你就好好做吧。」

偵探所說的阿姨，是他年輕的太太文代女士。

「我一定會努力，不辜負您的期望。」小林回答得乾脆，表示了決心。

大偵探給了他什麼任務？連小林都說「我行嗎」，可見不簡單。那麼究竟是什麼任務呢？請各位自行想像。

再看大鳥鐘錶店這邊。被大盜點了名，全家上下亂成一團。十位員工輪流守夜，請警方派人守衛，店內外安排便衣員警，除此之外還請了明智偵探出馬，能想到的辦法都用上了。

店主大鳥清藏是這麼想的：「房間裡有三重機關，店員全體出動，還請了員警和私家偵探，戒備如此森嚴，我家固若金湯，二十面相本領再高，也奈何不了我。」他頗為得意，大有「儘管放馬過來」的架勢。

日子一天天過去，大鳥清藏的自信萎縮了，越來越不放心，越來越害怕，過著寢食難安的日子。這也難怪，二十面相每天用不同方法向他通報日期將近。

二十面相在十六日的晚報上登了第一條消息，這時距離作案日期二十五日還有九天。他似乎不滿足於登報，此後每天都會以各種形式嚇唬大鳥清藏——「只剩八天」、「只剩七天」……

起初收到一張明信片，上面大大地寫著一個「八」字。次日，大鳥清藏接到從公用電話亭打來的電話，對方用低啞的嗓音說了一句「還有七天」便掛了。又過了一天，打開店門的店員大呼小叫，過去一看，有人用粉筆在櫥窗玻璃的正中央寫了一個大大的「六」！

怪盜的警告，一開始是明信片，再來是電話，然後是櫥窗，感覺是步步緊逼。下一步，該不會就進店裡頭了吧？

還剩五天。天亮後，店員們洗了臉準備開業，突然傳來尖叫聲——店裡大大小小的鐘錶，無論是掛在柱子上的，還是陳列在架子上的，昨晚還滴滴答答走得好好的，現在都停了。而且，所有鐘錶的時針，都不約而同地指向了「五」。

懷錶、手錶倒沒有受影響，而其他的——比如鬧鐘、布穀鳥掛鐘、帶音樂盒的大理石座鐘、正對門那座兩公尺多高的大自鳴鐘，大大小小鐘錶的時針都指向了五點。那場面像鬧鬼似的，非常恐怖。

不用說，這是二十面相搞的鬼，意在警告店主人「只剩五天」。怪盜終於把魔爪伸向店裡了。按理說家中已經是門戶緊閉，內外都有便衣員警把守，還有店員守夜，這怪盜究竟是怎麼進來的呢？而且神不知鬼不覺地讓幾十個鐘錶都停止走動，這又是如何辦到的？

店員們都接受了嚴格的調查，沒有發現可疑的人。這麼說，這二十面相就像是幽靈，從密閉窗戶的縫隙間鑽進來的？之後化身為氣體，一個個讓鐘錶停止走動？

然而，二十面相的警告並沒有就此打住，他的魔爪入侵著大鳥清藏的要塞。又過了一天，大鳥清藏被小僕人的驚叫聲吵醒，是黃金塔所在房間那邊傳來的！他心頭一緊，一躍而起，帶領身邊的店員跑去一探究竟。

大鳥清藏上氣不接下氣地趕到房間前。只見四天前剛雇來的十五、六歲的小僕人呆站著，大概是驚嚇過度，連話都不會說了。順著她手指的方向望去，房間的木門上，有人用粉筆寫了一個一尺平方的碩大「四」字！天哪，二十面相終於走到這一步了。

大鳥清藏見狀嚇得不輕，以為黃金塔已經落入賊手，急忙掏出鑰匙打開門——黃金塔安然無恙，依舊金光閃閃。怪盜似乎也拿那三重機關沒有辦法。但畢竟他已經深入此處，萬萬大意不得。員警和店員的看守對神通廣大的二十面相似乎毫無用處。

「今晚起我就睡在這裡。」

大鳥清藏終於下定決心親自看守。當晚，他命人把寢具搬到房間，天一黑就躺下，一邊抽菸，一邊目不轉睛地盯住黃金塔。十點、十一點、十二點……今晚感覺格外漫長。一點、兩點、三點……聽不到電車行駛的聲音了，汽車行駛的轟鳴聲也變得模糊，白天的喧囂都沒了聲音，東京市區的商業街就像水底一般悄無聲息。

門外的走廊下不時傳來腳步聲，那是巡邏的店員。他們約定好時間，輪流巡邏。店裡的大鐘敲響三點，大鳥清藏覺得大概過去十個小時了，終於熬到了四點。

「唉唷，天要亮了。二十面相這傢伙，沒來嘛。」

這時睡意襲來，大鳥清藏也已經放下心來，就迷迷糊糊睡去了。不知睡了多久，睜眼一看，天已大亮。看看時鐘，已經是六點半了。他朝放著黃金塔的壁龕望去，心想該不會有閃失吧——黃金塔安然無恙。

「哈哈。他就算是會魔法，也進不了這裡。」

大鳥清藏心滿意足，伸了一個懶腰，就在放下手臂的時候，無意間瞥了一眼左手的手掌。嗯？這是什麼？手掌心怎麼黑黑的？他納悶了，定睛細看，這一看不要緊，嚇得他大叫一聲，一躍而起。

各位讀者，你們猜，大鳥清藏他看到了什麼？不知何時，也不知是誰，在他的手掌心寫了一個大大黑黑的「三」字！只有一種可能：二十面相到此一遊。大鳥清藏頓時感覺後背彷彿被人潑了一盆冰水，冷到骨子裡。

與此同時，在房間的一個角落，發生了一件怪事。大鳥清藏目光所不及的一處木門被拉開了一條細小的縫，有人透過門縫偷窺室內的情形。

——一張胖胖的可愛臉蛋，有點眼熟呀……，噢對了，這不是昨天早上發現木門上的「四」字、嚇得大叫的小僕人嗎？她四天前剛來這裡工作，十五、六歲的樣子。少女望著臉色發青的主人，彷彿在幸災樂禍，片刻便閃身離開，同時悄無聲息地闔上木門。她是如何打開了上鎖的門？她不是剛來嗎，舉動竟然如此可疑。大鳥清藏和其他店員都沒留心這一點。我們可要好好留意她的一舉一動。

—妙計—

「只剩三天！」

手掌心的一個「三」字，讓大鳥清藏嚇破了膽。二十面相毫不費力地入侵安置黃金塔的房間，更在店主人的手掌心亂塗亂畫。看來上鎖的木門和警鈴這兩重關卡毫無用處，這樣一來，這第三重關卡也不是那麼的可靠了。遇上這個怪盜，任何科技手段都會失效的，二十面相十之八九是變身成氣體或者幽靈了。

大鳥清藏苦苦思索，一直坐在黃金塔前，視線片刻不離。彷彿只要稍不留神，這黃金塔就會消失了。

當天下午，掌櫃門野大爺懷裡抱著幾個大包裹，躡手躡腳來到房間，唯恐被其他人發現。這個門野大爺，是大鳥鐘錶店的元老級人物，從大鳥清藏的父輩那一代起就在這家店工作，已經是大鳥家族的一員了。店主非常信賴他，不僅給了他房間木門的鑰匙，還教會他保全系統的操作方法，所以門野大爺在任何時候都能自由出入房間。至於榻榻米下的紅外線感應裝置，只要按下屋柱上的祕密開關，關閉電源，就能行動自如而不發出一點聲響。

門野大爺悄悄進出房間數次，首先搬進來一個一公尺左右的細長物體，接著接連搬進來五個體積較小但明顯很沉重的物體。

「我說門野，你搬了些什麼進來啊？我現在不想談生意。」大鳥清藏很訝異掌櫃的異常舉動，忍不住開了口。這時門野大爺關好門，湊到店主身邊耳語道：

「小的不是來談生意的。老爺您忘了？小的四天前向您稟報的……」

「嗯？四天前稟報什麼了……哦對了，黃金塔的替身。」

「正是。老爺，事到如今，咱們也沒別的辦法了。怪盜要進來偷東西，簡直易如反掌啊。這麼嚴密的保全措施，一點用也沒有。依我看，眼下只有這個辦法了。對手會變戲法，我們也變個戲法讓他瞧瞧。」老掌櫃搖頭晃腦地說，聲音更低了。

「嗯。早知如此，我早該聽你的。現在晚了，來不及做替身了。」

「老爺多慮了。小的早已安排工匠製作了替身，剛剛交貨。老爺請看。」掌櫃指了指那五個沉甸甸的包裹，頗為得意。

「呵，你想得還挺周到。不過，這事不會走漏風聲吧？」

「您放心。我叫工匠們嚴守祕密了。」

「那就給我看看你說的替身吧。」

「這就為您呈現。不過小的擔心家中有二十面相的眼線，萬事小心為上……」

老掌櫃說著起身打開門，確認外頭沒有人之後，又把門反鎖上。接下來，他和店主兩人一起拆開包裹，把拆成五截的塔身取了出來。這替身金光閃閃，和壁龕裡的真品相比，分毫不差。

「唉唷，還真像。這下連我也分辨不出來了。」

「惟妙惟肖吧。這座替身的外殼是黃銅板，鍍上金，當中灌鉛。這樣一來，無論是色澤還是重量，都跟真的一模一樣。」老掌櫃得意洋洋。

「這麼說，你的計畫是把真品埋入地底，替身擺出來？」

「沒錯。怪盜即便得手，也是偷了個贗品，肯定又羞又惱。再說這贗品重得很，就算他是什麼神偷怪盜，肯定跑不快。員警和明智偵探趁他不便，必能一舉將他捉拿歸案。」

「哦……要是真能這麼順利就好了。」大鳥清藏有些心虛。

「老爺您就放一百個心吧。事情包在小的身上，給他來個出其不意！」聽老掌櫃的口氣，彷彿怪盜已經是他的囊中物了。

「好，你都這麼說了，就按你的辦法做，先把贗品組裝起來再說。」

大鳥清藏終於答應。接下來，兩人把真品和贗品做了替換。

「啊，真不錯。形狀也好色澤也罷，沒人看得出是假的。門野，你這招或許管用。」大鳥清藏望著木框中組裝起來的贗品，由衷讚嘆。不用說，替換真假黃金塔時，他們關閉了保安系統的電源，這樣小手槍就不會發射了。

「現在就把真品埋了吧。」大鳥清藏興致勃勃。兩人儘量降低動靜，把房間正中的榻榻米掀起來，拆開下面的地板。

「鐵鍬都準備好了。」

掌櫃把剛剛抬進來的細長包裹打開，取出一把鐵鍬來，撩起袖子，跳到地板下的土上開始挖。就在兩人埋頭作業時，房間的一扇門悄無聲息地打開了一條縫，一張似曾相識的臉窺視著室內的動靜——是那個可愛的小僕人，謎一般的少女。

她看了一陣，悄悄關上門離開了。兩人對此毫無察覺。

又過了大約五分鐘，就在兩人剛挖好坑的時候，屋後突然傳來店員的驚叫聲：

「失火啦！來人哪，失火啦！」

偏偏這個時候失火了。只要再三十分鐘，他們倆就能把真黃金塔埋好了。真是要緊關頭找麻煩。

「不得了，先把鋤頭和塔藏在地板下面，蓋上榻榻米。快！快！」主人和老掌櫃合力把黃金塔的五個部件丟進地板下，將地板復位，再鋪上榻榻米，然後把房門鎖上，慌慌張張地趕去火場了。

來到後院，發現角落的小儲藏室正在猛烈地吐著火舌，幸虧和主屋隔得遠，不會殃及周邊，不過也不能掉以輕心。大鳥清藏和老掌櫃召集店員，聲嘶力竭地指揮，終於把火撲滅了，沒有驚動消防局。

這場火持續了將近二十來分鐘，這期間，安放著黃金塔的房間裡發生了一件怪事。趁著大家去救火的空檔，一個小小的人影毫不費力地打開門鎖，潛入房間——是一個紮著辮子的可愛少女。不用我說各位也能猜到，就是那個新來的小僕人。她進去不知做了什麼，好一陣子都沒出來。大概過了十幾分鐘，房門悄悄開啟，少女溜出房間，小心關上門，逕自朝廚房走去。

這個謎一般的少女到底是什麼人？看她空手走出房間，似乎不像是去偷塔的，那麼她究竟進房間幹了些什麼？請各位讀者自行想像。

話說火災騷動平息後，大鳥清藏和老掌櫃趕緊返回房間。掌櫃撩起袖子，掀開榻榻米，拆掉地板，手持鐵鍬跳到土上。大鳥清藏擔心會不會有人趁亂偷走黃金塔，沒等掌櫃把地板完全拆掉，就迫不及待地往下瞄——黃金塔安然無恙，在黑色的土地上閃耀著金光。這下他才放心。

不久，門野掌櫃把黃金塔埋進地板下的深坑裡，然後將一切恢復原樣。他望著主人的臉，得意洋洋地笑著，那神情彷彿在說「您就放一百個心吧」。

就這樣，真正的寶物被徹底掩埋了起來。

——天花板上的聲音——

這下可以徹底放心了。即便二十面相準時前來作案，黃金塔也將平安無事。到時候他喜孜孜地偷走寶物，然後發現是贗品，跌破眼鏡……，真是大快人心呀。

怪盜不可能想到真品藏在地底下，不過凡事小心為上。自從那天起，大鳥清藏每晚睡在真黃金塔正上方的榻榻米上，白天也不出房門一步。

話說自從手掌心被人寫了「三」字以後，倒數警告便戛然而止。大鳥清藏當然不知道其中另有隱情，只覺得奇怪。即便如此，既然二十面相公開宣稱二十五日會下手，就絕不能放鬆警惕。剩下的三天時間，大鳥清藏一直堅守房間。

終於到了二十五日那天，夜幕降臨。大鳥清藏和門野掌櫃端坐在安放假黃金塔的房間，反鎖上木門，不敢有絲毫懈怠。店員們也是早早打烊，嚴陣以待，每一道門都上了鎖，各自堅守崗位，有的人負責把守，有人手持哨棒巡邏，全家上下好不忙碌。

二十面相有再大的本事，也突破不了這個裡外各三層的防線。這次他必將鎩羽而歸！如果他還是能成功潛入房間，而且不被假黃金塔迷惑並盜取真品……，那麼二十面相就不只是魔術師了，是神！盜竊之神！

夜色深沉。十點、十一點、十二點，店門前熙熙攘攘的大街安靜了下來，家中也是一片寂靜。只聽見巡邏人員啪嗒啪嗒的腳步聲。房間內，大鳥清藏和門野掌櫃面對面坐著，盯著時鐘。

「門野，正好十二點。哈哈哈……，小賊沒來嘛。過了十二點，就是二十六號，那他就是爽約了。啊哈哈哈……」大鳥清藏大大鬆了口氣，開懷大笑起來。「老爺說的沒錯。看來這二十面相也敵不過咱家固若金湯的防備嘛。哈哈哈……，活該！」門野掌櫃也嘲笑起怪盜來。

萬萬沒想到，兩人的笑聲還在空中迴盪，不知何處傳來一個嘶啞的聲音：

「喂喂，你們開心得太早了吧。忘了嗎？二十面相的詞典裡沒有不可能這個詞。」

這個聲音十分陰森恐怖，就像是從墳場傳出來的。

「門野，你剛剛沒說話吧？」大鳥清藏一驚，環顧四周，質問掌櫃。

「不是小的。不過確實有奇怪的聲音。」門野左右看了看，一副疑惑不解的表情。

「不對勁啊，不能大意了。你去看看門外是不是有人。」大鳥清藏臉色蒼白，牙齒打顫。

門野掌櫃似乎比主人膽量大些，他淡定的起身打開門鎖，望了望走廊周邊：「沒人呀。奇怪了。」

「你東張西望什麼？我在這，在這呢！」陰沉的聲音再次響起，人在水裡說話可能就是這個音效吧，陰森森，讓人汗毛直豎。

「來者何人！別躲躲藏藏的！」門野掌櫃強打精神，對著空氣喊話。

「哼哼哼……，你覺得我會在哪兒呀？猜猜看。對了，你們的黃金塔還在嗎？二十面相可是從來不會失手的。」

「你……你瞎扯什麼。黃金塔不是擺在壁龕裡好好的嗎？看你敢不敢對它下手！」門野掌櫃走來走去，發動脣槍舌劍，和隱形的敵人周旋。

「呵呵……，我說老掌櫃，你是小看我二十面相了吧。壁龕上放的是假的，真品埋在土裡了，你以為我不知道？」

大鳥清藏和老掌櫃聽了，如同挨了當頭棒喝，面面相覷。天哪，怪盜竟然知道這個祕密！枉費了掌櫃的一番苦心。

「門野，聲音好像是從天花板上傳來的。」大鳥清藏忽然意識到了，抓住掌櫃的胳膊耳語道。這麼說來，聲音確實是從天花板那邊傳來，因為別處也沒有可以藏身的地方了。

「您說的有道理。二十面相這傢伙，說不定就藏在天花板上呢。」掌櫃抬頭望著天花板，悄聲應道。

「你快去店裡叫人來，拆開天花板抓賊。快去！」大鳥清藏雙手推著老掌櫃，催他趕緊去叫人。老人被推到走廊，急急忙忙跑去店堂叫人。

沒多久，三個壯漢店員來了，他們身穿單衣◢，手提凳子和哨棒，躡手躡腳地進了房間。他們打算偷襲，突然捅開天花板，將怪盜捉拿。

一個店員雙手握棒，站上凳子，見門野掌櫃打了一個手勢，便使出全身力氣，「嘿！」地使勁捅天花板。一下、兩下、三下……劈哩啪啦，眼看著天花板被捅出好大一個窟窿。

「來，用手電筒照照。」老掌櫃把手電筒遞過去，店員接了過來，把腦袋探進黑漆漆的窟窿，察看天花板上的情況。

大鳥鐘錶店是主要由混凝土砌成的西式建築，只有這個房間，是後來建的傳統日式平房，天花板上也沒多大空間，此刻是一目瞭然的。

◢單衣：指沒有內裡的衣服。

凳子。

「什麼也沒有啊。邊邊角角我都照過了，連一隻老鼠也沒有。」店員失望地下了

「不可能啊。小的上去看看。」門野掌櫃親自上陣，拿著電筒爬上凳子，仔細察看天花板上面——黑暗中，沒見到任何看上去像人的東西。

「真奇怪。確實是從這裡傳來的聲音呀……」

「沒找到？」大鳥清藏鬆了一口氣。

「空蕩蕩的，連一隻老鼠也沒有。」

最終還是沒找到怪盜。那麼那個嚇人的聲音是從哪來的呢？不可能是地板下面。聲音通過厚實的榻榻米，肯定會變得模糊沉悶，不可能這麼清晰。可是，別無藏身之處了呀。這個二十面相，又開始耍弄詭異的魔法了。

怪盜只聞其聲不見其人，而且竟然知道真黃金塔所在之處。大鳥清藏心亂如麻，支開三個店員之後，火速和門野掌櫃掀開榻榻米，拆掉地板，命掌櫃挖地。老人撩起袖子，拿起存放在地板下的鐵鍬挖起地來，不久便垂頭喪氣地報告：

「老爺，黃金塔不見了！」

大鳥清藏聞訊失魂落魄，一屁股坐在地上，連說話的力氣都沒了，只是呆呆地望著地板下的黑窟窿出神。過了一會，他才開口說話，臉上滿是不可思議的神情：

「門野，這件事太奇怪了。我把黃金塔埋在這裡之後，除了上廁所，沒離開過一步。即使有人趁我不在時潛入房間，那他也沒有時間掀開榻榻米和地板，挖土偷塔呀。那傢伙到底是用了什麼手段？」

現在，他的心情已經從懊惱變成了驚訝。

「小的也納悶了。這要是在普通人家，盜賊可以從走廊下面爬到地板下，可是這間屋子的走廊下面用厚木板釘死了，雖說是有縫隙，可是小得連小狗也鑽不進。而且不說這個，小的剛才仔仔細細地用手電筒察看了，沒有人爬進來的痕跡。地板下面的泥土很軟，如果是有人爬進來過，必定會留下痕跡的。」門野掌櫃也是一頭霧水，長長地嘆了一口氣。

「怎麼樣？不服不行吧。我二十面相就是這麼神通廣大。黃金塔我收下了，後會有期。」

天哪，又是那個陰森森的聲音。二十面相究竟在哪裡？走廊裡沒有，天花板上沒有，地板下也沒有。除此之外，還有什麼地方可以藏身呢？他該不會是施展了魔法，變成看不見的氣體人，站在房間的某個角落看笑話吧？

「門野，他肯定還在。雖然眼睛看不見他，但是他肯定就在附近。趕緊去吩咐所有人，嚴守出入口。快去！一定要抓到他。」大鳥清藏對掌櫃耳語幾句，下達命令。他現在的心情，已經從驚訝變成火冒三丈了，不抓到怪盜誓不罷休。掌櫃同仇敵愾，領命奔向店堂，命令店員們嚴守前後門，一旦發現可疑人物，立刻呼喚同伴捉拿。

全家上下亂成了一團。

「二十面相就在家裡！看到了就圍攻他！」

十幾個血氣方剛的店員，手持哨棒和手電筒，有人負責守衛前後門，有人結伴搜遍家裡的每一個角落，全家上下一片混亂。

搜查持續了一個多小時，把上上下下搜遍了，壁櫥衣櫃，天花板上地板下，都沒有放過。真是奇怪，還是沒找到。莫非二十面相已經聞風而逃了？從哪裡逃出去的？前門後門可是都有人把守，他是插翅也難飛。

「門野，你怎麼看？太不合常理了……，我怎麼覺得他就在我眼前呢？好像聽到了他的呼吸聲……」說話間，大鳥清藏不安地環顧房間四周。

「小的也有同感。那人會魔法啊。」門野掌櫃說。

就在兩人大眼瞪小眼、不知所措的時候，一個店員慌慌張張地趕來報告：「老爺，明智偵探來了。」

「哼，事後諸葛亮來了。早來一步或許還有點用處。這幾天他都在幹嘛呀？什麼大偵探嘛，名不副實。」傳家寶被偷走，以致大鳥清藏氣急敗壞，把明智偵探當出氣筒了。

「哈哈哈……，大鳥先生，您心情不佳呀。您是說這幾天我袖手旁觀了？」

循聲望去，明智偵探一身黑西服，站在房門口。

「唉呀，是明智偵探。我是在自言自語呢，別介意。不過您的確是袖手旁觀了吧。您看，黃金塔被人偷走了。」大鳥清藏有些不好意思，苦笑著說。

「您說黃金塔被盜了？」

「是啊。二十面相沒有食言。」大鳥清藏手指著地板上的窟窿，氣呼呼地把事情始末說了一遍。大致內容是門野掌櫃獻偷梁換柱之計，最後還是沒能保住真品。

「這事我知道。」明智偵探開門見山。聽口氣，他似乎懶得聽解釋。

「您知道？這麼說您真是袖手旁觀了？」大鳥清藏大吃一驚，不禁放大了音量。

「您說的對，我是袖手旁觀了。」明智偵探泰然自若。

「什麼？您這是……」大鳥清藏目瞪口呆，話也說不出來了。

「明智偵探，您這不是幸災樂禍嘛。太不可靠了。您保證過，要好好保護黃金塔的。可是……」門野掌櫃看不下去，衝著偵探責難。

「我信守承諾了。」

「信守承諾了？胡說……黃金塔已經被偷走了啊！」

「哈哈哈……，看看你，黃金塔不是好好的嗎？金光閃閃的多漂亮。」明智偵探指著壁龕裡的黃金塔說，看他心情好得很。

「啊？您糊塗了嗎？剛剛不是說了，這是個贗品。真品埋在地底下，被偷走了。」大鳥清藏動了肝火，大聲嚷嚷起來。

「您先別激動。假如我說埋在地下的是贗品，壁龕裡的是真品，您信嗎？二十面相以為騙過了我們，其實他把贗品偷走了。」明智偵探的話真是莫名其妙。

「啊？啊？這玩笑開大了吧。如果壁龕裡的是真品，我何必大動干戈？這個呀，是門野掌櫃請人做的贗品。亮閃閃的不過是鍍金罷了。」

「是不是鍍金，您親眼看看吧。」

明智偵探說著，關閉木框上紅外線感應裝置的開關，隨手拾起塔頂，遞到大鳥清藏手裡。看偵探自信滿滿的樣子，大鳥清藏半信半疑地接過來仔細瞧。看著看著，發青的臉漸漸有了血色，絕望空洞的眼神中又燃起了希望。

「唉唷唉唷，這是……是真金啊！貨真價實的真金，不是鍍金！這是怎麼回事？」大鳥清藏喜出望外，趕緊跑去壁龕查看黃金塔其餘的部分。憑藉多年經手貴金屬的經驗，他馬上認定這些全是真金。

「明智偵探，您說的沒錯，這是真黃金。太好了，二十面相偷走的是贗品。不過，是誰在什麼時候又掉包的呢？家裡頭沒別人知道這個祕密。而且我一直堅守在房間裡，別人沒機會下手。」

「是我命人掉的包。」明智偵探依然淡定。

「什麼？是您？命令誰做的？」大鳥清藏被這個峰迴路轉的劇情發展給徹底嚇呆了。

「您府上最近雇了一個小女孩吧？」

「是啊。您是說您介紹的千代姑娘吧。」

「對。您能把她叫過來嗎？」

「您找千代有事？」

「我有要緊事，請快叫她過來吧。」明智偵探的話越來越莫名其妙了。

大鳥清藏儘管吃驚，還是把千代叫過來了。各位還記得她吧。這個叫千代的可愛小僕人，曾經數次偷窺過房間，形跡可疑。

沒過多久，一個紮辮子的少女出現在房門口，粉撲撲的臉好像紅蘋果，秀氣可愛。

「進來坐下吧。」明智偵探讓少女坐在自己身邊，便說起偷梁換柱的經過。

「大鳥先生，您要埋下真黃金塔的時候，後院的儲藏室起火了吧？」

「是啊，您消息還真靈通。怎麼了？」

「那火是我派人放的。」

「什麼！您派人放的火？我徹底糊塗了。」

「我這麼做當然是有目的的。你們都去救火了，趁著房間沒人，我派她調換了黃金塔，把藏在地板下的組裝起來，放回壁龕，又把壁龕上的贗品放在地板下。你們從火場回來，無論如何也想不到黃金塔被掉了包，繼續把贗品埋進土裡，並且認定壁龕裡的是贗品。」

「這麼說來，那場火是您的調虎離山之計囉？您有這妙計，怎麼不跟我說一聲呢？我自己就把它們掉包了，何必放火燒我家？」大鳥清藏表示不滿。

「我這麼做自有道理，稍後向您解釋。」

「說到現在，到底是誰掉的包呀？該不會是您親自動手的吧。」

「是這個僕人。他是我的助手。」

「您說千代？這樣瘦弱的小女孩能幹出這種事？人不可貌相啊。」大鳥清藏眼睛發直地看著千代，不敢相信自己的眼睛。

「哈哈哈……，『他』可不是小女孩。你快摘下假髮給大家看看。」

少女聽令，雙手猛地抓住頭髮，一把扯了下來，突然變成一頭短髮。「她」原來是「他」，一個可愛的少年。

「我來給各位介紹一下，這位是我的得力助手小林芳雄。這次行動能夠成功，小林功不可沒，誇誇他吧。」明智偵探望著小林，面露欣慰的笑容，為有這麼一位好幫手而自豪。

這真是太讓人意外了。少年偵探團的小林芳雄團長竟然化身小女僕，進了大鳥鐘錶店當臥底！二十面相中計了！

「唉呀，不敢相信。你竟然是男孩子，家裡沒人看出來。家務做得挺好呀，我真是撿到寶了。小林啊，謝謝你，這次多虧了你保住了傳家寶。明智偵探，你有個好徒弟，真是好福氣啊。」大鳥清藏喜不自禁，不停地輕拍小林，向他表示感謝。

「對了明智偵探，二十面相這傢伙，只聞其聲不見其人，對我們是又挖苦又嘲笑。您要是來早一步，或許還能逮到他。現在他溜了，挺可惜的。」雖說保住了黃金塔，可大鳥清藏已經是驚弓之鳥，唯恐怪盜捲土重來。

「大鳥先生，您放心，這二十面相，我已經逮到了。」明智偵探的話一石激起千層浪。

「您……您抓到二十面相了？什麼時候？在哪落網的？他現在人在哪裡？」大鳥清藏驚訝得舌頭打了結。

「二十面相就在這個房間裡。就在我們眼前。」偵探神色嚴峻。

「啊？在這個房間裡？在場的只有我們四個人呀。莫非是藏在了什麼地方？」

「他沒有藏起來。你們看，不就在這裡嗎？」大偵探的臉上，露出意味深長的笑容。

偵探的這句話真是駭人聽聞。大鳥清藏和門野掌櫃不安地東張西望——沒有別人嘛。這麼說來，二十面相果然是化身為氣體站在房間的角落嗎？別人看不見，唯有明智偵探看得一清二楚。

——你就是二十面相！——

大鳥清藏環顧四周，沒看見人影：「哈哈哈……，您又說笑，這裡明明只有四個人啊。」

他說的沒錯。這間大約五坪的房間裡，只有店主大鳥清藏、老掌櫃門野大爺、明智偵探和他的助手小林。偵探的腦子出問題了？

「您說的沒錯。這裡只有我們四個人。然而二十面相就在這裡。」

「偵探先生，您說的話我是越聽越糊塗。能不能再說仔細一點？」一頭白髮的老掌櫃驚恐不安地問道。

「哦？連您也不知道？您是想知道二十面相的藏身之處吧。那我就說了？」明智偵探顯然是話中有話，眼睛直直地盯著老掌櫃。

「您這話是什麼意思？」門野大爺和偵探對視。

「我是說，我要當場拆穿誰是二十面相，你們不介意吧？」明智偵探的眼睛閃著光，彷彿掠過一道閃電。老掌櫃被偵探的眼神駭住，竟無言以對，低頭迴避。

「哈哈哈……，我說二十面相啊，你裝得真像，活脫脫就是一個六十歲老頭嘛。

不過，你騙不了我。你就是二十面相！」

「開……開什麼玩笑。你這是……胡扯……」門野掌櫃臉色鐵青，拼命想為自己開脫。

連大鳥清藏也忍不住插了嘴：「明智偵探，這是誤會吧。他從我的父輩起就在這裡服務，恪盡職守，不可能是二十面相的。」

「您忘了？二十面相可是偽裝打扮的高手。正如您所說，門野的確是個好掌櫃。問題在於他不是門野。自從二十面相在報紙上通報作案日期後不久，他就把真正的門野掌櫃監禁起來，打扮成門野的樣子，來店裡上班。不僅如此，每天下班後，他更是大搖大擺地回門野的家，門野的家人絲毫沒有察覺出他是冒牌貨。」

老天爺，竟然還有這樣的事情。眼前這位老人怎麼看都是門野掌櫃本人，毫無二致。世上竟然有如此精妙的偽裝！

大家一時沒反應過來，愣愣地望著明智偵探——就在這時，那個來路不明的可怕人聲再次響起：

「哼哼哼……，明智偵探也是老糊塗了。放跑了二十面相，就拿無辜的老人當代罪羔羊。偵探，你睜大眼睛好好瞧瞧，我在這兒呢！」

二十面相真是吃了豹子膽，還藏在房間裡呢！

「偵探，就是這個聲音，二十面相的聲音，從天花板上傳來的。不是門野，門野不是二十面相。」大鳥清藏恐懼不勝，指了指天花板小聲說道。

不料明智偵探不慌不忙，只安靜地望著店主。突然，空中傳來另一個聲音：「我說二十面相啊，少來這套唬小孩的把戲！你以為我不懂腹語術嗎？」

大鳥清藏聽到這個聲音，不禁打了一個寒顫。太不可思議了。這是明智偵探的聲音無疑，而且是從天花板上傳來的，然而眼前的偵探並沒有張嘴說話。這簡直是魔法，彷彿偵探瞬間分身成了兩個人。

「大鳥先生，看到了吧？這叫腹語術，說話不動嘴巴。像我這樣閉著嘴巴說話，聲音就好像從別的地方傳來，你覺得它來自天花板，它就來自天花板，覺得它來自地底下，就來自地底下。」

大鳥清藏這下子總算明白了。他早聽說過有腹語術，如果剛才的聲音是利用腹語術發出的，那麼一切就說得通了。難怪上上下下都找遍了，也沒發現二十面相的蹤跡。這麼說來，眼前的這個門野掌櫃，果真是二十面相變的？他半信半疑地盯著掌櫃看，對方的臉色是越來越差，倒還是硬撐著，擠出一副彆扭的笑容，說道：

「您說腹語術？在下哪裡會那種奇術。明智偵探，沒想到您竟然說在下是二十面相。這是血口噴人，冤枉大好人！」

掌櫃話音未落，房間外傳來急切的腳步聲。

「是誰啊？有事稍後稟報。」大鳥清藏大聲呵斥。

「是小的，門野。請您開開門吧。」來者的這一句回話讓店主目瞪口呆。

「啊？門野？你真的是門野？」大鳥清藏急忙開門。各位請看，門前站著的，正是門野掌櫃本人，只不過比以前消瘦憔悴了些。

「老爺，實在是抱歉。我落入賊手，吃盡了苦頭，多虧明智偵探出手相救。」真正的門野掌櫃剛道完歉，抬眼看到房間裡的另一個「自己」，不禁尖叫，「啊！你是什麼人？」

眼前這一幕太離奇，讓人覺得毛骨悚然。兩位一模一樣的老人怒目相視，就好像是在照鏡子。此情此景只在惡夢裡出現過。沒人說話，也沒人動彈，就好像電影突然定格，現場陷入可怕的靜止和沉默。

打破這長達數十秒沉默的，是這五人當中的一個——他以迅雷不及掩耳之勢採取了行動。身穿一身女裝的小林芳雄驚叫一聲：

「先生您看！是二十面相！」

如今門野掌櫃本尊出現，二十面相已然是山窮水盡。很顯然，繼續爭辯下去也是白費口舌。他猛然跳進面前的「坑」（榻榻米一直沒鋪上），一屁股蹲下，搗鼓著什麼。

突然間怪事發生——冒牌掌櫃一眨眼就不見了，就好像是鑽進了土裡。

莫非二十面相又使出了什麼魔法？他果然會隱身遁形之術嗎？

—逃亡—

「哈哈哈……，沒什麼好大驚小怪的。這傢伙逃到地下去了。」明智小五郎不慌不忙，向周圍的人解釋道。

「逃到地下？怎麼說？」大鳥清藏反問道。

「他事先挖了一個地道。」

「地道？」

「是的。二十面相為了盜取黃金塔，事先在地下挖好通道，然後假扮成掌櫃，積極建言獻策，慫恿您把真正的黃金塔埋了，好讓他的手下從別的地方潛入，輕鬆取走正好擺在地道一頭的黃金塔。現場當然沒有盜賊的足跡，因為他們在地底下行動，而不是在地面上走。」

「當時埋塔的時候我看得清清楚楚，沒有什麼地道啊。」

「那是因為有東西遮擋著。您過來瞧瞧，那兒有一塊大鐵板，蓋在地道口，上頭堆土掩埋。剛剛二十面相掀開鐵板跳進地道裡了，在我們看來就好像是消失了一樣。」

大鳥清藏、門野掌櫃和小林芳雄湊過來一探究竟——果不其然，一塊鐵板被掀開，露出一個黑色的大洞，就像一口枯井。

「這個地道通往哪裡？」大鳥清藏驚訝得合不攏嘴。而明智偵探馬上給出了回答，他已經洞察了一切：

「後面有一間空房子吧，通往那裡。」

「那趕緊追呀，否則又要撲空了。大偵探，您快去抓他吧。」大鳥清藏比誰都急。

「哈哈哈……，您就放一百個心吧。中村搜查組長的五個部下正在地道那頭看著呢，現在差不多已經得手了吧。」

「您想得真周到！感激不盡。這下總算可以睡個安穩了。」大鳥清藏如釋重負，感謝大偵探滴水不漏的安排。

然而，二十面相果真如偵探所預料的一樣束手就擒了嗎？他怎麼說也是名副其實的怪盜，該不會又使出什麼怪招，扭轉乾坤吧？還真放不下心呢。

來看看此時此刻在黑漆漆的地道中發生的事情吧。

裝扮成門野掌櫃的二十面相趁人不備跳進地道，朝著另一頭快速匍匐前進，活像一隻大鼴鼠。地道另一頭在背街旁的一間空房子裡，和大鳥家的那間房間只隔著一個小院子和圍牆，因此地道大約二十公尺長。二十面相先租下那間空房子，差人祕密挖掘地道。由於比較倉促，內部沒有用石頭或者磚頭鋪砌，僅僅搭了幾個木架子防止塌陷，簡陋粗糙得堪比早年的煤礦。而且非常狹窄，僅能容一人匍匐前進。

二十面相爬得渾身是土，到達地道的另一頭，也就是空房子的地底下。他冒出腦袋一探究竟，這一探頭不要緊，嚇出一身冷汗，趕緊縮了回去。

「哼，真有一手，對我又圍又追又攔截。」他忿忿然地怒罵。無奈之下，他開始往後退。

洞口外光線昏暗，能隱約看見好幾個身穿制服的員警。大蓋帽的帽簷和手槍的槍托在黑暗中發出幽幽的寒光。二十面相這下真成了甕中之鱉，叫天天不應叫地地不靈了。往前走，是五個員警，往後退，明智大偵探等著他，真是進退兩難。二十面相能在這個潮溼漆黑的地洞中藏身多久呢？

只見怪盜不慌也不忙，退到地道的中段，這裡的洞壁上有一個凹槽，他從中取出一個包裹。

「哼哼，你們看好了，任何困難都難不倒我二十面相。道高一尺，魔高一丈，明智大偵探再厲害也想不到我還留了這一手。我的詞典裡沒有『不可能』這個詞！」二十面相大放厥詞的同時解開包裹——這不是員警的制服、警棍和皮鞋嗎！

這是何等的深謀遠慮啊！他竟然在地道裡準備了一套偽裝用的衣服，以防萬一。

「噢，對了，不能忘了弄掉染髮劑和臉上的皺紋。」聽他的語氣，心情似乎是相當輕鬆的。

只見他從懷裡掏出一個銀色的小匣子，裡頭裝有浸透卸妝油的棉花，他扯下一小團，仔細擦拭頭和臉，又扯下一小團，再擦拭……反覆多次之後，滿頭白髮變成了一頭烏髮，臉上的皺紋也不見蹤影，整個人返老還童了。

「完成。現在起打扮成員警。一眨眼工夫，老鼠變成貓。」

地道又小又黑，二十面相艱難地更衣偽裝，卻小聲吹起了口哨，一副樂不可支的樣子。

大鳥鐘錶店背後的那間空房子是一幢傳統日式建築，原本是商人的家。現在，客廳的情形和大鳥鐘錶店的那間房間頗相似——一塊榻榻米被掀起來，地板被拆掉，露出下面黑黑的泥土。泥土的正中央倒是沒有蓋鐵板，露出一個大洞。

在洞口周邊，五位員警嚴陣以待，有的站在地板下的土地上，有的坐在榻榻米上，有的站著。沒有開燈，其中兩位隨身攜帶手電筒，以備不時之需。

「明智偵探早點發現這個地道就好了。那樣的話偷塔的小嘍囉也逃不掉。」一位員警悄聲說話，聽得出他有些遺憾。

「只要二十面相落網，還怕收拾不了小嘍囉？再說了，那座被偷走的塔是贗品呀。俗話說得好，擒賊先擒王……這『王』怎麼還不出來呢？」另一位員警摩挲著胳膊，等得心焦。

五位員警忍著菸癮在黑暗中等待，時間好像停止了。

「你們聽，有動靜！」

「在哪？」員警立刻亮起手電筒站起身。

「什麼嘛。是老鼠。」

——這一驚一乍的場面反覆出現了多次，二十面相遲遲不現身。

然而這次不一樣，是人從洞裡爬出來的動靜。嘩啦嘩啦——是泥土往下掉的聲音，哼哧哼哧——那是人在喘氣呢。二十面相終於來了！

五個員警同時站起身準備迎戰，打開手電筒，兩道光從左右兩側匯聚在洞口上——

「是我，是我。」這個爬出洞口的人，竟然跟員警們熱情地打起招呼來。來者不是怪盜，而是一位年輕的員警。看起來很陌生，想必不是這個區的員警。

「盜賊逃掉了？」一位員警有些懷疑。

「抓到了，被我們所的人一舉拿下，全仰仗明智偵探的指引。你們幾位也趕緊到那邊去吧。我負責搜查這條地道，看看是不是有漏網之魚，結果一無所獲。」年輕員警費勁地爬出地道，站在五位同事跟前，手裡的手銬晃得叮噹響。

「你說怪盜落網了？」那五位員警一下子洩了氣。虧得大家那麼賣力，現在倒好，到嘴邊的鴨子被人吃了，自然憤憤不平。

「明智偵探說你們幾個不用看守了，快去他那邊……我去所裡辦點事，告辭。」年輕員警說完便邁開步伐朝大門口走去。

對方走後，五位員警心裡不痛快，一時間懶得挪動，在原地磨磨蹭蹭的。

「真沒意思。」

就在這時，他們當中有人突然想到了什麼，大聲嚷嚷起來：

「不對勁啊。那個人說是奉命調查地道，出來了也不報告情況，就直接回所裡。這不合常理啊。」

「這麼說來確實可疑。說是調查地道，也沒見他打開手電筒啊。」

難以形容的不安情緒迅速在這五個人當中蔓延開來。

「聽說二十面相可以變成任何人，還曾經偽裝成了國立博物館的館長呢。難不成……」

「不會吧！那傢伙就是二十面相？」

「快追！如果真是二十面相，我們哪還有臉見中村組長？」

「快快快！臭賊，等著被抓吧！」

五人急匆匆跑到大門口，環顧夜幕下的街區。

「快看那兒！我們喊他一聲試試。」

於是五人齊聲呼喊，對方聞聲，也只是微微回頭，壓根兒就沒有停下的意思，反倒跑得更快了。

「就是他沒錯！他就是二十面相！」

「臭賊別跑！」

五人狂奔起來。

時間是深夜一點半。白天熙熙攘攘的商店街現在如同廢墟一般死寂。忽明忽暗的路燈，空無一人的柏油馬路，就在這深沉的夜色中，上演著莫名其妙的一幕：一個員警逃，五個員警追。逃跑的年輕員警跑得飛快，每到一處岔路口，或往左或往右，靈動多變，試圖甩掉追兵。現在，他逃到了京橋附近的一個小公園外。右邊是公園的水泥牆，左邊臨河，地理位置很偏僻。

年輕員警──也就是二十面相，突然停下腳步，回頭看了看，沒人。那五個員警似乎被遠遠甩在後面。確認安全後，他突然蹲了下來，雙手放在地面上，一用力，提起一個直徑半公尺的圓形鐵板，地面上露出一個大大的洞口，這是一個地下水道入口。水管工人掀開圓圓的人孔蓋，鑽進地下施工，這個場面各位讀者應該不陌生吧。眼下二十面相就是這樣。只見他跳進地下水道，又俐落地把人孔蓋蓋好。

幾乎是同一時間，五個員警剛好轉過街角來到這裡。

「人呢？我明明看見他來這裡的呀。」員警們停住腳步，四下察看。

「這裡距離下一個岔路口有幾百公尺，他不可能跑那麼快的。我猜他是翻牆進了公園。」

「說不定是跳河了。」

幾人交談著，匆匆從那個人孔蓋上踩過，朝著公園的入口跑去。人孔蓋在五人的踩踏下噹噹作響，沒人察覺到二十面相就在腳底下。人孔蓋在東京人眼裡是再平常不過的事物，走路時不會留心它的。

二十幾分鐘之後，五人空手而歸，垂頭喪氣地向明智偵探彙報了情況。那麼明智偵探是不是對他們幾個的失誤大失所望呢？有沒有發脾氣呀？沒有沒有。各位就放一百個心吧。這點小挫折是打不倒大偵探的。他那顆非凡的大腦早就想好了絕招。

「各位辛苦了。我也沒想到那傢伙竟然把偽裝用的衣服藏進了地道裡。各位不必灰心喪氣，就知道他會出怪招，所以我也留了一手。二十面相自以為脫身了，其實還沒有逃出我的手掌心。看著好了，天亮之前，我一定替你們出氣。

說實話，他這一逃是正中我的下懷，甚至是喜聞樂見。我的這手絕招可不簡單，我的手下要大展身手，二十面相要哭喪臉了，各位就等著看好戲吧。小林，我們現在就出發，去和二十面相演最後一場對手戲。」

大偵探依舊是一臉爽朗自信的笑容，招呼愛徒小林芳雄出發。兩人一同走出大鳥鐘錶店，搭上在門外等候多時的汽車揚長而去，消失在濛濛的夜霧中。

讓我們回到公園附近，看看藏身於地下水道之中的二十面相做了些什麼。

員警散去後，周圍恢復寧靜。時間是深夜兩點，路上沒有行人。遠處傳來狗吠聲，片刻停歇後，徹底的寂靜便統治了世界，聲音彷彿不復存在了。公園裡大樹林立，沒有風，樹梢卻沙沙作響，緊接著傳來嘎嘎兩聲奇怪的鳥叫。天空中布滿厚厚的雲，不見星光，僅有的光亮來自於路燈。其中的一盞，無力地照著二十面相藏身的人孔蓋。

人孔蓋始終沒有動靜。二十面相究竟在地下搞什麼鬼？兩個小時過去了，凌晨四點，東邊的天空微微發白。從遙遠的深川一帶，傳來晝夜無休的工廠幽幽的汽笛聲，像是在報曉，聽著有些悲切。

就在這時，路燈下的那個人孔蓋微微動起來，就像是活物一樣……，噹的一聲，鐵板脫離了卡槽，緩緩移向一側，露出黑漆漆的縫隙，一公分、兩公分，縫隙越來越大……，過了好久，人孔蓋完全打開了，居然冒出一頂灰呢子禮帽來，帽子下面是一張蓄著鬍鬚、眉清目秀的人臉，是一位青年紳士。只見他緩緩探出身來，一身體面打扮——雪白的衣領、光鮮的領帶、筆挺的新西裝。胸口與洞口齊平時，他左顧右盼確定四下無人，便一躍而起跳上地面，迅速闔上人孔蓋，若無其事地邁開腳步。

不用說，這個青年是二十面相偽裝的。二十面相想得真周到。在犯罪的時候，他往往會在現場附近的地下水道裡藏一套偽裝用的衣服，萬一被員警追捕，就藏身地下水道之中喬裝打扮，換一身行頭，然後泰然自若地離開。

各位讀者家附近也有地下水道吧。當中說不定就有一個大包裹哦。如果你發現了它，那就說明二十面相就在附近作案！

話說這個年輕紳士——也就是二十面相，快步走向附近大街旁的停車場，叫醒了一個正在車裡打盹的司機。沒等司機給他開門，他就跳上了車，急匆匆地告知目的地。

清晨，一輛車高速行駛在人影稀疏的東京市區。先是駛過銀座的大街，通過新橋地區，開進環線駛向品川方向，再從品川上京濱國道，朝西行駛一公里左右進岔道，往北行駛一段。這一帶住宅稀疏，彎彎曲曲的坡道那頭有一個小山丘，遠遠望去，山丘上孤零零地建著一幢古色古香的西式公館，四周樹林環繞。

「到了，就這裡。」

二十面相付了車錢，走上山丘，穿過樹林，來到公館門前。

這裡就是二十面相的巢穴，他總算回到了安全地帶。這麼說來，明智偵探的一番苦心算是化為泡影了？二十面相成功逃出偵探的手掌心了嗎？

—陳列室的妖怪—

二十面相打開門走進前廳，一個小嘍囉聞聲出來迎接。這傢伙蓬頭垢面，滿臉鬍渣，衣著邋遢。

「您終於回來了。這一票真是成功啊！」小嘍囉笑臉相迎，他似乎還被蒙在鼓裡。

「成功？你是在說夢話吧。本大爺在地下水道裡過了一夜。這回輸慘了。」二十面相火氣很大。

「可是黃金塔到手了。」

「黃金塔？快把那玩意兒扔了。假貨！又是明智小五郎，多管閒事的傢伙。還有那個小林，人小鬼大，扮成女僕騙了我，想到就生氣。」

小嘍囉成了老大的出氣筒，一時間張皇失措，露出不可思議的神情：

「您說的話小的不明白。到底是怎麼一回事呀？」

「算了算了，過去的事情就過去了。我睏得不行了，東山再起什麼的等我睡醒了再談，唉唷好睏啊……」二十面相打了一個大大的哈欠，沿著走廊，搖搖晃晃地走進公館深處的臥室。

這個小嘍囉目送二十面相就寢。臥室的門關上了，他卻不離開，獨自佇立在昏暗的走廊裡思考著什麼。筋疲力盡的二十面相似乎連衣服也沒換，倒頭就睡，不到五分鐘，便傳來輕微的打鼾聲。小嘍囉聽到狡黠一笑，離開臥室外，走出公館門口，朝著遠處的樹林揮了揮右手，好像是在給藏身其中的人發信號。

時間還不到清晨五點，天沒亮，樹林依舊昏暗，彷彿黑夜遲遲不肯離去。你說這大清早的，樹林裡到底藏著什麼人呢？

沒想到樹林那頭居然有反應！樹下的灌木叢嘩啦嘩啦的，出現一個白白的圓圓的東西，光線昏暗看不清，感覺像是人的腦袋。這時，門口的小嘍囉向左右兩側伸展雙臂，擺出飛鳥振翅的姿勢，上下揮動三次。

越來越不對勁了。這個人無疑是在打什麼暗號。那麼對方是誰呢？是二十面相的對手？還是同夥？不得而知。

小嘍囉打完暗號，接下來發生了更加離奇的事情。對面灌木叢中那個模糊不清的「人頭」忽然消失，緊接著灌木的枝葉嘩啦作響，彷彿有巨獸出沒。只見一個黑影穿過樹林飛也似的奔向遠處。

這個黑影是什麼？這個小嘍囉又打了什麼暗號呢？

七個小時過去了。現在是正午時分。

二十面相醒來了，這一覺睡得真好，昨晚的疲勞一掃而空，感覺神清氣爽。他去浴室洗了把臉，之後依照老習慣，打開走廊上的一扇暗門，到地下的陳列室。

這座西式公館有一個寬敞的地下室，二十面相用它陳列美術品。大家都知道，二十面相和一般的惡人不同，不貪財不傷人，醉心於盜取並收藏美術品和工藝品。先前的國立博物館一案中，他的巢穴被明智偵探發現，贓物被盡數追回。從那以後，二十面相又盜取了無數寶物，藏在這個新巢穴的地下室裡，儼然是一座祕密寶庫。

這個地下室占地約九坪，裝潢考究，完全顛覆了人們心目中對地下室的看法。四周牆壁上，密密麻麻地掛著日本畫軸以及大大小小的西洋畫，畫作的下方是一長型鑲著玻璃面板的展示櫃，陳列著貴金屬製品和寶石，琳琅滿目。另外還有十一尊放在蓮花座上的古代木雕佛像。這裡的每一件藏品都有來頭，絕對都是珍品，小小的地下室堪稱私人博物館。

畢竟是地下室，所以沒有窗戶，採光全仰仗房間一角天花板上的一扇小天窗。光線透過厚厚的窗玻璃，變得渾濁而黯淡，即便是大白天，地下室也是昏沉沉的。雖然安裝了漂亮的吊燈，二十面相還是很少開燈（除非是偷到新寶物的時候），他喜歡那種常見於佛堂的幽暗，在這種幽暗的環境中欣賞，古畫和佛像顯得越發古樸而莊嚴。

此刻，二十面相站在地下室的正中央，饒有興味地欣賞他的藏品，一邊自言自語：

「哼哼，明智偵探算計了我，現在正得意吧。黃金塔算得了什麼，小小的失手罷了。你看我，收藏了這麼多寶貝。打死他也想不到，我竟然有這麼一間寶庫。呵呵呵呵……」

怪盜洋洋自得，走到一尊立在牆角的佛像跟前：「真是巧奪天工啊，畢竟是國寶嘛，像真人一樣。」說著摸了摸佛像的肩——他的手突然停住了，像是吃了一驚，仔細端詳起佛像的臉來。

這尊佛像是溫熱的！不僅是溫熱的，竟然還有脈搏，而且胸口一起一伏，就像人在呼吸。佛像再逼真也是木頭，不可能呼吸，更不可能有脈搏。不對勁啊，鬧鬼了！

二十面相不敢相信，又試著敲了敲佛像的胸口，沒有發出敲擊木頭的咚咚聲，取而代之的是軟軟的手感。二十面相猛然意識到了什麼，對著佛像大喝一聲：

「你是什麼人！」

這一喝不要緊，話音未落，佛像竟然動起來了！而且，烏黑破舊的袈裟下竟然冒出一柄手槍來，槍口直指二十面相的胸口。

「你這小子，是小林吧！」二十面相反應很快。他曾經吃過小林的苦頭。

然而佛像沒回應，默默地抬起左手，朝二十面相的身後指了指。此情景實在太恐怖，怪盜不由得朝身後望去……，房間裡所有的佛像全都動了起來！而且無一例外地，人手一把寒光閃閃的手槍。看呀，十一尊佛像組成包圍的陣勢，槍口一齊指向二十面相。堂堂怪盜這時也是驚呆了，傻站著東張西望，不知所措。

「我這不是在做夢吧。難道是我精神錯亂了？十一尊佛像都活了，還把槍指著我……，世上哪有這種怪事！」

二十面相心亂如麻，完全搞不清楚狀況。只覺得頭昏眼花，隨時可能暈倒。

「唉呀，您這是怎麼了？臉色很難看呀。」原來是上午那個的小嘍囉進來了。

「嗯，我有些眼花，你幫我去看看那些佛像，怎麼看上去不對勁呢……」二十面相捧著腦袋，向手下訴苦。不料小嘍囉冷笑了起來：

「哈哈哈……您是說佛像活了吧。這是報應啊，老天在懲罰你。」

「你說什麼？」

「我說這是你的報應。二十面相，你的末日到了。」

二十面相愣住了，呆呆望著對方。木雕的佛像活了也就算了，現在就連自己的心腹也說出些莫名其妙的話來。他徹底糊塗了。

「哈哈哈……，堂堂怪盜二十面相，嚇成這個樣子，多丟人。哈哈哈……，禍起蕭牆的感覺怎麼樣？」

手下連嗓音都變了。原本是嘶啞難聽的男聲，一瞬間變得洪亮又通透。怎麼聽上去有些耳熟？該不會……該不會是他吧？一定是他沒錯！除了他還能是誰呢？二十面相驚恐萬狀，連對方的名字都說不出口了。

「哈哈哈……，還沒看出來？是我呀。」小嘍囉朗朗大笑，一把扯下臉上的假鬍子——一位笑容可掬的青年紳士站在眼前。

「啊！果然是你！明智小五郎！」

「沒錯，就是我。我的偽裝術也不差吧，居然騙過了你這個偽裝大師。不過也不能太驕傲自滿，畢竟現在天還沒有全亮，地下室更是昏暗，你看不清我。」

沒想到吧，這個小嘍囉竟然是我們的明智大偵探。

受了驚嚇的二十面相一時間臉色很難看，不過見到對手不是什麼妖魔鬼怪，而是老熟人明智偵探，也就寬心了許多。

「偵探大人，你這是要幹什麼？」他恨恨地說道，同時大搖大擺地朝門口走去，看樣子是要闖出地下室。

「當然是逮捕歸案。」話音未落，明智偵探就狠狠地把二十面相推了回去。

「我要是不從呢？讓那些佛像開槍打我嗎？哼哼哼，別想這麼嚇唬人。」怪盜沒把明智偵探放在眼裡，試圖推開偵探，強行通過。

「你要是不從……我就對你不客氣！」

兩人旋即扭打在一起。眨眼間，二十面相整個人被扔了出去，「碰」一聲重重地摔倒在地。原來是明智偵探使出了一記漂亮的過肩摔。這一摔把二十面相摔昏了，半天起不來。他做夢都沒想到，明智偵探居然有這麼大的臂力。其實他也會些柔道，所以非常清楚自己和明智偵探之間的實力差距有多麼的大，繼續打下去，也絕無勝算。「這次我真的輸了。哼哼，我堂堂二十面相竟然是這個下場。」他苦笑著慢慢站起身，和明智偵探四目相對，一副豁出去的表情。

二十面相此刻身陷重圍，四周是十一尊拿槍指著他的佛像，還被明智偵探密切監視。他已經無計可施，踉踉蹌蹌地踱著腳步。

「唉，一切努力都要付諸流水了。想到要失去這些藏品，心裡真難受啊。明智，你大人有大量，別急著叫外頭的員警，就讓我再留戀一會兒吧。」

他早就料到了。的確如此，外面的確有幾十個員警，把公館圍得水洩不通。明智偵探見怪盜苦苦哀求，心生憐憫，便站在原處不再採取行動，手交叉在胸前觀望，好讓怪盜盡情留戀。

二十面相垂頭喪氣地在屋裡踱來踱去，有意無意地遠離明智偵探，來到房間的一個角落，猛地蹲下擺弄起地板來。突然，那裡傳來噹的一聲，明智偵探一驚，循聲望去，二十面相已經不見蹤影。原來這才是怪盜的最後一招。地下室的下面，還有一個地下室。二十面相趁偵探不備，迅速掀開暗藏的隔板，跳了下去。

莫非我們的大偵探又被怪盜算計了？勝利在望，到嘴的鴨子又要飛了？各位放心。明智偵探不慌不忙，微笑著走到那個角落，朝地底下喊話：

「我說二十面相，你瘋了嗎？以為我不知道這裡有個洞？我不但知道，而且還用它當牢房了。看看旁邊，應該躺著你的三個手下。這三個傢伙礙手礙腳的，我昨天晚上就綁了他們，再堵上嘴，請他們老實待著。當中有一個穿單衣的，他的衣服我借來穿了，戴上假鬍子，做一下偽裝，就成了你的手下。

當時這傢伙從大鳥鐘錶店的地道搬出黃金塔的贗品，我就一路跟蹤他，最終找到了你的巢穴。哈哈哈……，二十面相，你逃錯地方啦，你這不是把自己困住了嗎？這個地窖只有這一個出口，你自掘墳墓，我們抓你倒也方便了。」

他說完，回頭對十一尊佛像說：「小林，這裡沒問題了。你領著大家出去吧。記得跟員警說進來逮捕二十面相。」

偵探話音剛落，這十一尊佛像便一齊跳下蓮花座，在房間中央整齊列隊，儼然是聽候將軍號令的士兵。

想必各位早就知道了，佛像是少年偵探團集體扮演的。二十面相和少年偵探團積怨頗深，此時各方圍捕怪盜，這個節骨眼上，少年們豈能袖手旁觀？哪怕是礙了明智偵探的手腳，少年偵探團也執意要貢獻自己的一分力量。他們倣效小林團長，開始思考，湊巧發現地下室裡有十一尊佛像，當即決定假扮成佛像，好好嚇唬二十面相一番。

這計畫由小林團長向明智偵探轉達，一番死纏爛打之後，終於得以付諸行動。當天凌晨，接到偽裝成小嘍囉的明智偵探的暗號後在樹林中飛奔的人影，正是小林。沒過多久，他就率領全體團員，深入怪盜的巢穴。

此刻，這十一尊佛像排成三列，一起向明智偵探敬禮，高呼道：「明智偵探，萬歲！少年偵探團，萬歲！」禮畢，一群「佛像」在團長小林的帶領下一起向右轉，飛也似的跑出地下室。

接下來，就是明智小五郎大偵探和怪盜二十面相的對峙時間。

「真是一群可愛的孩子。你知道他們有多恨你嗎？簡直恨到極點了。照理來說，我不應該讓他們來這兒的，但經不起他們死纏爛打，我也就心軟了。再說了，我們的對手是你，一個紳士，一個討厭暴力的藝術愛好者，我覺得你不會傷害他們的，所以也就鬆了口。多虧了他們，我才能夠先發制人。剛才你看見佛像動起來，臉上那表情，太經典了……哈哈哈哈！千萬別小看孩子們。」

等待員警來收網的期間，明智偵探主動搭話，口氣溫和得就像對待老朋友。

「哼……，你說二十面相是紳士？二十面相討厭武力？我的名聲不錯嘛。不過大偵探，我得告訴你，這事不能一概而論。」地底的黑暗中，傳來二十面相陰森森的話語。

「不能一概而論？」

「比如……就像眼前的局面。我現在是插翅也難逃了，上頭還有一個頭腦和身體都比我優秀的對手，一個把他大卸八塊我也不能消氣的人。」

「哈哈哈……，這麼說你是要和我一對一單挑嗎？」

「事到如今，單挑有什麼用？這間房子被員警包圍了，過不了多久，他們就會闖進來抓我。我可沒打算和你一決勝負，直說了吧，我要和你同歸於盡！」怪盜的聲音越來越陰森，越來越嚇人。

「你說什麼？同歸於盡？」

「沒錯。我是紳士，不帶刀，無法像古代的武士那樣和你拼命。不過我也有我的絕招。告訴你吧，大偵探，你疏忽了！嘿嘿嘿……這個地窖裡有兩三個酒桶，有印象吧？你猜桶裡裝的是什麼？其實我早就為自己的末日做好準備了。你剛才說我是自掘墳墓，沒錯，這裡就是我的墳墓，明知是墳墓才進來的，我將在這裡化為烏有。現在明白了吧？桶裡裝滿了炸藥。我手上沒有刀，但我有火柴呀，點著，丟進桶裡，你和我，眨眼間就粉身碎骨了。嘿嘿嘿……」

二十面相說著，把裝滿炸藥的酒桶滾到地窖中央，掀開蓋子。經歷過大風大浪的堂堂明智大偵探，這時也不禁驚叫起來：

「唉呀糟糕！我怎麼沒檢查桶裡的東西！」

後悔也來不及了。

不管怎麼樣，明智偵探都不能和二十面相同歸於盡。世上還有許許多多案子等著他去破。眼前只有逃命一條路可走。是偵探跑得快呢？還是怪盜打開桶蓋點火快？命懸一線！

明智偵探火速閃身撤離，三步併作兩步地飛奔上樓梯，跑到公館門前，快得就像一顆炮彈。一開門，迎面遇上十來個員警，他們正要闖進去抓人。

「犯人要點炸藥啦！快逃！」

偵探一把推開員警們，逃到林子裡去了。員警們一聽「炸藥」兩字，嚇破了膽，也逃進了樹林。

「所有人離那棟房子遠點！要爆炸啦！快逃啊！」

這狀況非同小可，包圍在公館四周的員警們四散而逃，跑到小山丘的半山腰——事後想想，當時哪來那麼多時間給人逃跑呢？二十面相猶豫了？火柴受潮了？剛好所有人都逃到了安全地帶時，爆炸了。

大地發出轟隆聲，就像發生了地震。光聽聲音，感覺整棟房子要被炸上天了，然而睜開眼看看，二十面相的巢穴並無異樣。炸藥炸穿了地下室和一層樓之間的樓板，但並沒有影響建築的外觀。

可是沒多久，一樓的窗戶冒出滾滾黑煙，越來越濃，幾乎要吞沒整棟房子的時候，每一扇窗戶都吐出鮮紅的火舌，就像惡魔的舌頭舔舐著這棟房子。很快，它就成了一團巨大的火球。

二十面相的末日，就這樣到來了。

大火平息後，員警來到火場調查取證。說來蹊蹺，他們沒有發現二十面相的屍體，甚至連那三個手下也沒有找到。莫非正如二十面相所說的，他已經粉身碎骨，化為烏有了？

少年偵探團系列

推理文學巨擘江戶川亂步經典作品——《少年偵探團》系列重磅登場！與《怪盜二十面相》正面交鋒；看《少年偵探團》勇於冒險、抽絲剝繭；跟蹤《妖怪博士》、發現重大秘密，再多的危機與謎團，機智的名偵探與少年偵探們總是有辦法！為孩子們寫的推理小說，跟著亂步，當個臨危不亂的小偵探！

怪盜二十面相

江戶川亂步　著　譚一珂　譯

離家十多年的羽柴壯一突然來信告知家人自己要回國，同時羽柴家收到怪盜二十面相即將來偷盜寶石的預告信。羽柴一家一方面期待許久不見的壯一回來，一方面又對怪盜二十面相的犯罪預告惴惴不安。沒想到寶石仍舊被偷走了。羽柴家向鼎鼎大名的偵探明智小五郎尋求協助，接著便衍伸出一連串意想不到的發展。亂步以明智小五郎以及助手小林的互動，帶領讀者推理故事的情節，並給予少年小林大篇幅的描寫，兒童的機智與勇敢在作品中充分被呈現。

少年偵探團

江戶川亂步 著　曹藝 譯

東京都裡出現了一個渾身黑的怪物，黑暗中會咧開嘴陰森的笑，人們稱他為「黑魔」。黑魔已經陸續拐走幾個五歲的女童，卻又像是抓錯人般的中途放了他們。這些受害者遭到黑魔襲擊的地方都在篠崎——少年偵探團成員之一，的住家附近，篠崎的妹妹似乎也被盯上，更進一步得知家中有個寶石也許就是黑魔的目標！

為了保護妹妹與寶物，藤崎與少年偵探團正式向黑魔宣戰，有了名偵探明智小五郎的協助，神秘的黑魔與寶石的祕密即將被解開。

妖怪博士

江戶川亂步 著　徐奕 譯

少年偵探團成員泰二偶然跟蹤了一個形跡詭異的老人，沒想到竟一步步掉進老人的陷阱。老人自稱「蛭田博士」，他將泰二催眠後命令他回家偷出有關國家機密的文件，更將泰二拐走。此外，蛭田博士更綁架了少年偵探團的其他孩子，邪惡的力量正一步步侵蝕著少年偵探團，究竟蛭田博士的陰謀是什麼？大偵探明智小五郎親自出馬，拯救被妖怪博士折磨的孩子們，更進一步揭開妖怪博士的真面目。

青青

青青書系簡介——陪伴青少年走過人生最美時光

旺盛的生命力，從翠綠出發！
給青少年最青的文學閱讀，優質、多元、有趣。
我們相信：文字開拓的無限想像，是成長的必備養分。青青書系充滿新鮮的想法、新時代的感性，以輕量閱讀讓文學變得親近可愛。但願年輕的心靈迷上字裡行間的美好，由此探尋自身、關懷世界，親自品味如歌如詩的青春。

長腳的房子

蘇菲・安德森　著　洪毓徽　譯

即使是死亡，也能啟發我們去擁抱生命。
十二歲的瑪琳卡夢想擁有平凡的生活：住在普通的房子裡，和普通人做朋友。可偏偏她的房子長了一雙雞腳，總是毫無預警地將她和祖母帶到陌生的地方。這一切都因為瑪琳卡的祖母是一名雅嘎，負責引導死後的靈魂前往另一個世界，而瑪琳卡註定要延續這份使命。年輕的瑪琳卡不願一輩子過著與死人為伍的生活，她決心扭轉自己的命運。殊不知這個決定將讓她的人生失去控制，而同時房子卻有自己的打算……

少年偵探團系列

怪盜二十面相

少年偵探團

妖怪博士

大金塊

青銅魔人

透明怪人

人小膽子大，智慧更不少

少年偵探團出動！

詭譎「黑魔」誘拐孩童、盜取寶石，它的真面目到底是什麼？

少年偵探團VS不明怪物

就算敵暗我明，偵探也不會害怕！

東京都裡出現了一個渾身黑的怪物，黑暗中會咧開嘴陰森的笑，人們稱他為「黑魔」。黑魔已經陸續拐走幾個五歲的女童，卻又像是抓錯人般的中途放了他們。這些受害者遭到黑魔襲擊的地方，都在篠崎——少年偵探團成員之一的住家附近，篠崎的妹妹似乎也被盯上，更進一步得知家中有個寶石也許就是黑魔的目標！

為了保護妹妹與寶物，篠崎與少年偵探團正式向黑魔宣戰，有了名偵探明智小五郎的協助，神祕的黑魔與寶石的祕密即將被解開。

ISBN 978-957-14-6619-4 (861)
NTD210
9 789571 466194
三民網路書店
www.sanmin.com.tw